ニコラと花咲く国の暴君

Ｓｉ《Si》

CHOCOLAT BUNKO

ILLUSTRATION 伊東七つ生

CONTENTS

嵐のあいだに、まるで百年たったかのようだった。

ひどいしけがようやく収まり、ニコラ・ベンジャミンが船室より這い出たとき、ロベール号のマストは破れ、外板は傷つき船底は浸水し、難破船《なんぱせん》と見まごうばかりだった。

この巨大なガレオン船は大洋航海のために改良された、最新型の船だった。

全長三十メートル、従来船より喫水線《きっすいせん》を浅くとることで増したいくぶんかの転覆《てんぷく》の危険性と引き換えに、大海を渡るために必要な、素晴らしい速度をものにした。

船首で胸をはる金色の女神像は純白の帆《ほ》を従え、目もくらむほど高いマストを支える船体は、ヴァイオリンのごとき優美な曲線を描いた艶《つや》やかな樫《かし》の板で覆《おお》われている。

輝く黄金、絹の糸、毛皮に陶器、珍しいスパイスといった無数の宝物を載せて、何百人もの船員を従えるその巨大さは、ニコラの故郷、ドナウルーダの港にあったとき、さながら琥珀《こはく》の城だと謳《うた》われていた。

だが大海に出てしまえば、それも濁流に揉まれる一枚の枯れ葉と変わらないのだと、ニコラはひどい船酔いとともに、まさに学んだところだった。

手すりに縋って、どうにか立ち上がったニコラの頭上を、大きな鳥が掠めた。

「カツオドリだ！　近くに島があるぞ！」

誰かが声を上げる。

「水深を測れ！　暗礁《あんしょう》がないか確認しろ！」

鋭角な翼を持つ海鳥が、鋭く鳴いて船の周囲を旋回しはじめると、船上はやにわに活気づいた。走り回る船員たちをあたふた避けつつ、ニコラは船尾甲板室を目指す。

そこでは船主のグレイが渦巻く雲に向けて手をかざしている。彼の手には、曇天《どんてん》にも太陽の位置がわかるという結晶石がある。石を透かして溢れる光が、彼のブロンズ色の肌に落ちるさまは神託《しんたく》を得る神官のようで、確かに頭上に太陽があることを教えてくれる。

「大変な嵐でしたね。初めての船旅ですのに、堪えたでしょう」

グレイはニコラに気づくと、手すりに招いた。

「ちょうどいいときにいらっしゃいました。接岸時は我々の腕の見せどころです。カミソリのように尖ったサンゴや岩で船の腹をこすられないよう、慎重に舵《かじ》をとらねばならないですから」

そう言って、グレイは忙しなく動き回る船員たちをしめして、白い歯を見せた。その見慣れた、あけすけな笑い方に、ニコラはようやく、ほっと息をついた。

グレイは遠い南の国からニコラの故郷、ドナウルーダにやってきた商人だ。

ニコラの国の誰よりも肌が色濃く、博識で、波を読む天賦《てんぷ》の才があった。小国であるドナウルーダはグレイから大海を渡る技術を教わり、次第に交易で栄えるようになった。

グレイの功績はドナウルーダでは知らない人はいないほどだったが、彼は富や名声に驕《おご》ることはなく、いつでも公平で勤勉で、尊敬できる人だった。

そんな彼は、ニコラの数少ない理解者で、自分の孫のように目をかけてくれている。

「忙しそうですね、陸があったからといって万事解決とはいかないのですか」

「残念ながら、用心が必要です。特に海図にない島には」

ニコラは航海に関して浅学のまま船にいることを恥じた。

生まれた時から修道院暮らしで、外の世界を知らないとはいえ、そこは国中の図書が集まる知識の宝庫だった。もっと学んでおくべきだった。

けれど故郷から出るつもりなど、一つもなかったものだから。

ため息とともに、黒髪をかきあげ、耳もとでシャラリと揺れる耳飾りに手を触れる。

花の金細工にサファイアが添えられているそれは、ニコラの父からの贈り物だった。

船乗りは、海で命を落としたときの埋葬費用として金の耳飾りをするという。

それに倣《なら》ってニコラは船出した翌日に、耳たぶに穴をあけてその耳飾りを通した。

耳の傷はいまだ熱を孕《はら》んで痛むけれど、その、ずっしりと確かな存在感のある飾りに触れると、すっと背が伸びて、きちんとしなければ、という気持ちになれた。

「しかし、我々はあの嵐をやりすごしたのです。きっとうまくいくでしょう」

気を取り直すと、ニコラは顔を上向けて笑顔を作った。

「そのとおりですとも。なによりこの船には殿下から頂いた守り神がいます。この頑丈な根が船を守ってくれたおかげで、さいわいにも、まっぷたつは免《まぬが》れましたよ」

茶目っ気を出したグレイが指差す先には、どっしりとした大木がそびえている。

「あの木を覚えていますか？」

ニコラは頷く。もちろんだ。それはかつてニコラがグレイに贈ったものだった。

長い航海では船上の水は腐り、穀物には虫が湧き、そのせいで乗組員たちは船乗り特有の恐ろしい病《やまい》にかかる。

それを知ってショックを受けた五歳のニコラに、母はメムレスの種を与えた。

波打ち際に育つその植物は、柔らかく肉厚な葉をつけ、強い根圧のおかげで葉を摘むだけで水分豊かな樹液が溢れる。充分な日光を与えれば年に数度収穫できる果実は酸味が強く、壊血病《かいけつびょう》に効果のある成分がふんだんに含まれている。

ニコラは五年かけて育てたメムレスをグレイに贈った。グレイはたいそう喜んでくれて、ロベール号を建設するさい、それをメインマストのたもとに移植してくれた。

それは航海中も着実に枝葉を伸ばし、今や船体を抱き込むほどに成長している。

「メムレスは、この船を構成している二千本の木を統《す》べる王です」

「お役に立てるなんて誇らしいです」

ニコラは微笑んだ。しかし心中は複雑だった。

大人になったニコラはこの木がトラブルの原因にもなったことを知っている。迷信深い船乗りはニコラのような生まれの者が育てた木は災《わざわ》いを呼ぶとして、なかなかロベール号に乗ろうとせず、それどころか船ごと燃やそうとしたものもいたらしい。

それでもグレイは信念を貫き、この美しいガレオン船で二度の大洋横断を成功させた。随分苦労しただろうに、変わらずグレイはニコラに親切で優しい。この旅路のともがグレイだったことは数少ない幸福だとニコラは思う。

他の者ならとうに絶望して船から身を投げていたかもしれないから。

「それに、もうすぐ、殿下の知識が役立つ気がするのです」

ニコラの物思いを断ち切るように、グレイが舳先《へさき》のほうを指でしめした。

「嵐がやんだとき、一瞬ですが、こちらのほうから香りがしたのです」

「香り？　何のですか？」

尋ねると、グレイの目が奇妙に輝いた。自分でも信じがたいといったふうに。

「ミリスティカ・フラグランス……あれは確かに、ナツメグの香りでした」

ナツメグは限られた小島でのみ生育する希少なスパイスだ。ドナウルーダを含め、ほとんどの商人はその産地を知らない。おかげであまたの国と人の手を経由して、ナツメグがドナウルーダへ入荷されるころには、たいへんな値段につり上がっている。

「ナツメグの香りは数十マイル先からもわかります。ドナウルーダからこんなに近い海域に未知の島があるなら大変な発見です。もちろん、品質や、収穫量にもよりますが」

グレイは興奮を抑えきれない口調で、ニコラに説明した。

ニコラも空気の匂いを嗅いでみたが、湿った布の匂いがきつくて、ナツメグ特有の甘く爽やかな香りを探し当てることはかなわなかった。

さすがに錯覚ではないかと疑ったが、そのとき、見張り台より島影があると声がした。

皆が行く先に目をこらす中、深い霧の向こうより、島が現れる。切り立った崖に囲まれたそれはくろぐろとそびえ、まるで侵入者を拒んでいるかのようだ。

グレイはホイールをにぎる三人の操舵手《そうだ》と、航海士と顔を寄せ合っていた。

「海図にはない島です。上陸しますか？　船は修理が必要ですが」

「浅瀬さえあれば、応急処置程度は可能だ。まだ水も食料も充分にある」

グレイは慎重だった。さきほど人影を見たという報告が上がったせいもあるだろう。

未知の島の住民への接触には細心の注意を払うべきだとニコラも知っている。

ある博物学者の冒険記には、南の島の住民は排他的で、わけもなく攻撃してくることも珍しくない、と記されていた。人の形をしているのに、中身は恐ろしい獣のようだとも。

陸に近づくにつれ、むっとした湿度が肌に絡みつく。頭上を飛び交う海鳥も数を増し、今やけたたましく叫ぶ黒い雲のようだ。

風がニコラの黒髪を揺らし、ようやく地上の匂いをニコラの鼻腔《びこう》にも送り込んでくれた。

最初は土の匂いだった。くさいきれ。つんとした獣の匂い。

そして、ナツメグの特有の香りも。幻と言えないほど強く嗅ぎ取れる。

「……服を正式なものに着替えたいのですが、どなたかに手伝ってもらえますでしょうか」

逃れられないものを感じとったニコラは、腹をくくってグレイに告げた。

「それなら私がお手伝いをしましょう」

グレイは快く引き受けつつも、心配そうに眉を下げた。

「ここではお国の服は暑いのではないでしょうか。顔色も優《すぐ》れないようですし」

「いいえ、このようなだらしない格好で船を降りるわけにはいきません。島に人がいるのなら、礼節を欠いたことはしたくありません」

かぶりをふって、ニコラは決然と胸をはった。

「私は王の血を引くものです……たとえどこにいようとも」


故郷ドナウルーダを離れるさい、ニコラはまずこの礼服一式を荷物に入れた。

それは、一七歳の成人の祝いとして、父王ウィリアムから贈られたものだ。

上着のダブレットは、喉元までつまったスタンド・カラー。上品な光沢のある白い生地《きじ》を、金糸銀糸の花の刺繍《ししゅう》とブレードが彩《いろど》っている。揃いのボトムスに、シルクのストッキングと、つややかな革靴。

王の非嫡出子《ひちゃくしゅつし》として城で疎《うと》まれ、修道院でひっそり暮らすニコラにとって、それは数少ない宝物だった。

仕立てのひとつひとつに、息子を想う、父王の心遣いが感じられる。

明るい色は青白いニコラの肌が少しでも健康的に見えるように。たっぷりの詰め物は、ニコラの華奢《きゃしゃ》な体が少しでも立派に見えるように。

なにより素晴らしいのは、各所に施《ほどこ》されている、矢車菊の色をした美しいサファイアだ。華奢なニコラと、闘神のごとき父王の容姿には、ほとんど似たところはなかったが、青い目の色だけは同じだった。ニコラが自分の体で唯一気に入っているパーツだ。

それをよく理解していた父王は、サファイアの選別には特に拘《こだわ》ってくれたらしい。

その服を贈られた日は、ニコラの人生で最も幸福な時間のひとつだった。

けれどそれは、姿勢よく見せるためにタイトなデザインで、その上体格を良く見せるために詰め込まれた羊毛のせいで、すこしでも背を丸めると、呼吸もままならないときている。

「苦しくはないですか?」

気づかわしげにグレイが問う。

とうてい、こんな暑い場所で着るものではないが、ニコラは平気なふりで頷いた。

『これは、お前が私のもとに生まれてきたことへの感謝のしるしだ』

父の言葉が蘇《よみがえ》る。ニコラがこの服に初めて腕を通したときのことだ。

『お前は優しく賢い。王は国に身を捧げ、絶え間なく襲いくる難問を乗り越えねばならぬ。冷徹な判断が必要な場面も多く、気づかぬうちに人の心を失ってしまうこともある』

優しく言って、慈《いつく》しむ仕草でニコラの頬に触れた。

『お前はお前の兄、ロージャの良心になってほしい』

ニコラは今でも鮮明に思い出せる。そのときに胸に湧き上がった誇らしさを。

けれど、姿見に映しだされた己の姿に、不意にニコラは深い悲しみに襲われた。

二十になっても、ニコラの体は相変わらず貧弱で、三年前の服がぴったりだ。

あんなに誇らしく感じていたこの礼装が、今はひどく滑稽《こっけい》に見える。

結局、王宮には受け入れられることはなく、ついに故郷を追われてしまった。

ニコラは父の願いをかなえることはできないのだ。もう永遠に。


礼装に着替えたニコラが船尾甲板室に戻ると、すぐそばに見慣れぬ船が浮かんでいた。

「島からの使者のようです。言葉は通じました。これから船を停泊させられる場所まで誘導してくれるそうです」

船尾甲板室に控えていた航海士が、ニコラたちに報告してくれる。

「それは幸運でした」

ほっとしながら、ニコラはロベール号を牽引《けんいん》する、異国の船を眺めた。

カヌーを大きくしたような船体には蔦《つた》のような意匠《いしょう》がびっしりと彫《ほ》られている。彩色も細かく丁寧で、まるで生きている植物が船に絡みついているようだった。

乗組員たちはみな日に焼けて健康的だ。髪色には統一感はなく、顔つきはどこの国の人とも似ていない。

服装は襟ぐりが広く、風通しのよさそうな生成《きな》りのチュニックが主流らしい。その上から羽織る一枚布で個性をつけているようだ。布の大きさや巻き方はそれぞれで、模様も一つとして同じものがない。

特に、先頭の大柄な男の羽織物は、遠目にも素晴らしいものだとわかる。頭から肩を覆う被り物も、何の染料なのか見事な赤だ。彼の指揮《しき》で船は滑るように進んでいる。潮《しお》の流れを熟知しているのか、何の推進力もないようなのに、不思議なことだった。

思ったよりも文化水準が高そうだな、と、ニコラは思った。

他言語に精通した者もいるようだし、他国との交流もあるのだろう。

それなのに、地図には載っていないとは、奇妙なこともあるものだ。

呪われた島、という一節がニコラの脳裏《のうり》をよぎる。それも冒険記で読んだものだ。

それは大海のかなた、赤道近くに位置し、立派な島影で近くを通る船を惑わせて、複雑な海流で水底へと引きずり込み、二度と抜け出せなくするという。

息苦しさを覚えて、ニコラは襟ぐりを軽くひっぱって、息を吸った。

霧が晴れるにつれて蒸し暑さが増してゆく。

羊毛で詰め物をされた豪華な服には、熱を逃がす機能はない。

それでもニコラは背中を伸ばして、威厳《いげん》を保つことで、不安を退《しりぞ》けようとした。


やがてロベール号は波の穏やかな湾にたどり着き、錨《いかり》を下ろした。

小舟に乗り換え接岸すると梯子《はしご》が下ろされ、崖の中腹に建つ屋敷へと案内される。

建物は半円形の屋根を数本の柱で支えた簡素なものだ。絶壁に沿い、大小食い違うように並ぶさまは、ブナの木に生えるツリガネタケを彷彿《ほうふつ》とさせた。

屋敷に入ると、すでに水や食事が用意されていた。だが島民たちの表情は硬く、話しかけるどころか、近づいて接触することすら忌避《きひ》している様子だった。

かなり警戒されているな、とニコラは思う。

ただちに危害を加えられることはなさそうだが、友好的な関係を結ぶ気配はない。

この屋敷から逃げ出すのは難しそうだ。もしかして奴隷《どれい》にするつもりだろうか。家畜のように繋がれて働かされるのだろうか。それとも太らせて食料に？

そんな不穏《ふおん》な想像に気をそぞろにしつつ、ニコラはそばの柱にこっそりともたれた。

船の揺れからは解放されたのに、いまだ体がぐらぐら揺れている気がする。暑いはずなのに寒気がひどく、具合は悪くなるばかりだ。だが部屋の中には椅子のたぐいは見当たらず、行儀悪く床に座ることは憚《はばか》られる。

せめて気をまぎらわそうと見上げた天井は、フロアを支える太い柱から蛇《へび》のようにうねる小枝が放射状に広がって梁《はり》となり、緑色の葉で覆われた屋根を支えている。

窓にはガラスやよろい戸などは嵌《は》め込まれておらず、扉や門といった出入り口もない。人々は梯子やロープを使い、好きな場所から出入りしている。

崖がわの柱は、太い木の根と同化している。それは波から崖の岩肌を守るように網目状にはりめぐらされており、その特徴的な形状は、ロベール号の樹木メムレスにも似ていた。どうして似ているのだろうと、ニコラは眉を寄せる。この根はメムレス特有のものではなかったのか。どの植物辞典をあたっても見当たらなかった形状なのに。

考え込んでいたニコラは、眼の前に突然大きな影が落ちたことに驚いて、短い悲鳴とともに飛びすさった。

相手もニコラに気づいていなかったらしく、動きを止めてニコラを凝視している。どうやらニコラの視界をふさいだのは、男の分厚い胸板だったようだ。頭から腰まで覆う、派手な赤色には見覚えがある。さきほど船を先導していた男だ。

それにしても間近にすると、ますます凄い容姿だと、ニコラは現実逃避気味に思った。染めているのか、被り物だと思ったのは頭髪のようだ。彫りの深い、精悍《せいかん》な顔。その中央には、めらめら輝く緑のまなこがある。まるでエメラルドの王様だ。その緑がしばし、見つめずにはいられない、といったふうにニコラを凝視したあと、ふいに逸らされた。

「お前は何者だ?」

一歩下がったときには、すでに男の表情は隠されていた。

「あの船の乗組員か?」

声も硬く冷たい。ニコラはその変化に戸惑いつつも、礼儀を尽くそうと頭を下げる。

「ええ、そうです。助けていただいてありがとうございます」

「ならば、聞きたいことがあるのだが」

男はお辞儀を返すこともなく、ニコラの返答にかぶせるように続けた。

「あの木はどこで手に入れたものだ?」

腕を組み、偉そうに足を開き、詰問調《きつもんちょう》で睨《にら》みつけてくる。

男の肩を飾る布は豪奢《ごうしゃ》だが、それ以外の上半身はほとんど裸で、全身に黒い入れ墨が入っていた。おまけに肉をえぐったような怪我《けが》のあともある。

ニコラには、彼が魔物のように見えた。つまり、非常に野蛮《やばん》な印象を受けた。

流暢《りゅうちょう》にニコラたちにも親しみのある言語を操るので教養はありそうだが、ひどく荒い口調だ。さきほどは船を先導していたし、指導者の立場と見受けられるのに、とてもではないが上流階級の言葉遣いではない。そもそも質問しておいて、人の返事を聞く気がないような態度は礼儀を知る人間とは思えない。あるのは無駄な迫力ばかりだ。

まるで言葉の通じない、野生の獅子《しし》に丸腰で挑んでいるような恐怖すら感じる。

「どこで、というのはどういった意味でしょうか」

とはいうものの、助けてもらった恩もあるしと、なおもへりくだってニコラが質問すると、緑の目がぐわっと広がったので、ニコラは噛みつかれるのではないかとすくみ上がった。

「とぼけるな！　お前たちの船のメインマストに生えているあれだ」

彼のたくましい腕が、槍のように海上のロベール号を指差す。

「あれは私が育てたものです！」

ニコラは、つられて大声で返した。

「育てた？　種から？　苗からか？　どうやって手に入れた？」

「母上に頂いたものです！」

「なるほど、そいつはどこから種をくすねたんだ？」

「くすねた？」

耳慣れない言葉を、ニコラはオウム返しにした。それで、ようやくひどく侮蔑《ぶべつ》的なことを言われていることに気づいて、遅まきながらカッと腹が立って眉を吊り上げる。

「無礼にもほどがあります！」

けれど男のほうは堪えた様子もない。

「助けてもらっておいてその言い草か。こんな簡単な質問にもまともに答えられないとは、そちらのほうが無礼なんじゃないか？」

「なっ……！」

「申し訳ありません、そちらのお方、何か問題がありましたか？」

なおも食ってかかろうとしたニコラと男の間に、グレイが慌てて割って入ってきた。

「船に生えてある木はどこから盗んだのかと聞いていたところだ」

「あれは私の持ち物です」

さすがは世界中を渡ってきた商人だけあって、グレイは自分よりもずいぶん大きな男を相手にしても落ち着いている。

「十年ほど前になるでしょうか。こちらのニコラ様から、譲り受けました。当時ニコラ様は十歳でした。育てるのに五年をおかけになったと伺いましたので、ニコラ様はその種がどこのものか把握《はあく》されていらっしゃらないかと存じます」

「グレイ、私は」

グレイの弁明は、まるで種が盗品だと肯定しているようにもとれるものだ。ニコラは抗議したかったが、グレイはことを荒立ててはいけないと、目配せをしてくる。

不満ながらもニコラはぐっと感情を抑え込み、この無礼な男を睨むにとどめた。

「私の名はニコラ・ベンジャミン。ドナウルーダの王、ウィリアムの血を引くものです。

王族たるもの、決して卑劣《ひれつ》な手は使いません。母は修道院管轄の薬草園の管理責任者でした。私は彼女から正式にその種を譲り受けました。何も後ろ暗いところなどありません」

「ドナウルーダ？　聞いたことがない。どちらにしろ、その生白《なまじろ》い肌は北の野蛮な連中の仲間といったところか」

男は顎を撫で、ふん、と鼻で笑った。

「王族ならばますます信用がならない。略奪に慣れすぎて卑劣の意味も忘れたか？」

「どうしてそんな……」

ひどいことを言えるのか。ニコラの頭を熱くしていた怒りが、ざっと引いてゆく。

私の言葉はそれほどまでに、価値のない、信用ならないものなのだろうか。

ふいに、先程まで忘れていた具合の悪さがニコラの足元をすくった。体の芯が抜けたようによろめくともう止められず、そのままくずおれニコラは意識を失った。


夢を視《み》た。風の強い、夜半の夢だ。

ニコラは父王に内々《ないない》に呼び出され、彼の寝室へと急いでいた。

これは本当にあったことだと、ニコラは夢を視ながら思う。

ウィリアム王は数ヶ月前から病に臥《ふ》していた。久々にまみえた父はやつれ果て、起き上がるのもやっとの様子だった。

頼もしかった父の変わり果てた姿に、ニコラの胸は痛んだ。

『今から城を出なさい』

ウィリアム王は、それでも毅然《きぜん》として息子に命じた。

『グレイにお前の面倒を頼んでいる。彼の船で海を渡り、シークレア国に行きなさい。そこで王族としての身分を捨て、新しい人生を始めるのだ』

『嫌です。シークレアなんて』

ニコラは驚いて声を上げた。

『大海の向こうではないですか。どんな幸運の風に乗ろうとも、船で一ヶ月以上もかかる場所と聞きます。私はこの国を離れる気はありません』

ニコラは強く拒否したが、いつもは息子に甘い父はその夜ばかりは厳しかった。

『私はもう長くない。私が死ねば、お前の居場所はこの国に無い』

そして残酷な事実をつきつけてくる。

『お前の腹違いの兄、次期王のロージャは、お前を目の敵《かたき》にしている。彼が即位すれば、お前は処刑されるだろう』

『私は罰を受けなければならないようなことはしていません』

細い悲鳴のように、ニコラは抗議した。ウィリアム王は、そんな息子を悲しげに見た。

『残念だが、げんにお前は捕えられて牢《ろう》に繋がれているではないか。私に毒を盛ったという罪で』

ニコラは思わずうつむいた。鎖で繋がれていたせいで、赤く擦り切れたみずからの手首が見える。父の主張は正しい。

『私はただ父上の病をなおそうと薬草を研究していただけです』

『わかっている。だがそれを逆手《さかて》にとられた。王太子ともなれば邪魔な相手の首をはねるのは容易《たやす》い。優しいお前には想像もつかないだろうが』

ウィリアム王は穏やかに、けれど決然と、ニコラに告げる。

『もはやこの国に、お前を擁護《ようご》できるほどの味方はいない』

『でも、逃げるなんて嫌です、父上、誇れる行動ではありません』

それでもニコラはかぶりをふった。父と離れたくはなかった。

『たとえ罪人として処刑されることになろうとも、運命として受け入れます。ですからどうか最期まで、そばにいさせてください』

けれど父はそれを望んではいなかった。

『ニコラ。国を出なさい。私はお前と背格好の似ている若者を探し当てた。彼は不治の病でここ数日が山だ。私は彼と彼の家族に、彼のなきがらを譲ってもらえるよう頼んである。彼とともに、お前が今幽閉《ゆうへい》されている塔を焼き、お前が焼死したように工作する算段だ。彼は快く了承してくれたよ。数少ない私達の味方だ。お前が死んだとなれば、さすがのロージャも冥界《めいかい》まで追っていこうなどとは思わないだろうからな』

『そんな……その方だって、死体を焼かれるなんてまるで罪人扱いではないですか』

『そうだな。だが、耐えろ。生きていれば、いつかお前にも幸福が訪れるだろう』

静かに父は息子を諭《さと》した。

『シークレアの話は、グレイから聞いているか？　世界中の人々が集う交易都市だ。夜になっても賑やかで、海も空も抜けるように青く、お前の好きな、珍しい植物やスパイスも沢山ある。きっと気に入るさ。そこで、お前は自由に生きればいい』

そう言って、ウィリアム王は枕元の小箱をあけて、中のものをニコラに渡した。

『これをお前に』

ニコラは目をみはった。それは草花が緻密《ちみつ》に彫られた、金とサファイアの耳飾りだった。

『お前は母親の耳飾りを気に入っていただろう。同じものは贈ってはやれないが、同じ細工師に頼んだ。ほら、思った通りだ。お前のその目と、その青みがかった黒髪には、海のように青い石がよく似合う』

そう言って、父はニコラの頬に触れ、耳たぶに耳飾りを添わせて微笑んだ。

剣を握り続けた父の手は、病に冒されてもなお情に溢れ、熱かった。

『お前ももうすぐ二十歳だな。もっと立派な贈り物ができればよかったのだが。許せ』

『許す、だなんて、そんな』

『お前ののぞみを、何ひとつかなえられない私を、許してくれ』

ニコラは息が止まりそうになった。

父は、安易な贈り物はしない人だ。ニコラに与えたものは多くはないが、常に息子のためを想って選ばれていた。

耳飾りは、ドナウルーダでは高貴な女性だけに許される装飾品だ。男性がつければ奇異《きい》の目で見られるが、シークレアでは男も女も階級もなく、自由に着飾っていると聞く。

母を忘れないように、そうして新しい生活に楽しみを見つけられるよう。

父は息子に贈る、最後の贈り物にこの耳飾りを選んだのだろう。

ああ、本当に、私はここにはいられないのだと、ニコラはどうしようもなく理解した。

それからどうやって城を出たのか記憶にない。気づけばグレイに支えられるようにして歩いていた。

荷物をまとめて港に赴《おもむ》くと、ニコラの薬草園の植物も船に運びこまれてきた。

大事に育てた植物すら故郷に残せないのかと嘆くニコラを、グレイは根気強く慰めた。

『殿下、勝手をお許しください、しかし他国の保護を受けるためには、貢物《みつぎもの》が必要です。殿下にはこれから、植物学者の「エルダー」としてシークレアで暮らしてもらう予定です』

『そんな……身分を剥奪《はくだつ》され、名前まで失うなど、本当に死んでしまうみたいだ』

『お辛いでしょうが……これもウィリアム陛下のご意向です』

エルダーというのは、グレイの商売を手伝うためにニコラが作り出した、実在しない植物学者の名前だった。ニコラはエルダーの名義で、母から受け継いだ薬草園の生育種の目録をまとめあげ、収穫物を薬やスパイスに加工して、世に流通させてきた。

『世間ではプラントハンターがもてはやされるようになってきました。珍しいスパイスは高い価値があります。「エルダー」はシークレアに歓迎されるでしょう』

『……そうですか』

グレイも商人としての人生を退き、故郷に近いシークレアで余生を送るつもりらしい。おそらく、グレイの移住計画にも『エルダー』の存在は期待されているのだろう。

つまり、もはやニコラは船に乗るしかないのだ。

どのみち、この薬草園の植物たちは、なぜだかニコラが世話をしないと、すぐに萎《しお》れてしまうのだから。一緒に連れていったほうがいい。

そう自分に言い聞かせつつ、ニコラはロベール号に乗りこんだ。

強い貿易風の吹く秋の夜だった。陸地はまたたくまに遠ざかっていった。

船上にて、呆然と迎えた、海の夜明けは美しかった。

東の雲はバラ色に染まり、水面は金色に燃えるようだった。

船を追って、青い魚が鱗《うろこ》をひらめかせる。白い帆は風を受け、誇らしげに胸をはり、舳先では金の女神像が輝く波をかきわける。

額に潮風を受けるニコラの胸はからっぽで、悲しみすら鈍く死んでしまったようだった。

ふと、故郷のほうから鳥が飛んできた。

大きな黒い鳥は、ニコラの頭上を旋回し、ウィリアムが死んだと啼《な》いた。

哀れ賢王は、魔女の息子に殺された。心臓を悪くする毒を盛られて、少しずつ弱っていった。かわいそうに。もう二度と、目をあけることもない。もう二度と。

「私じゃない！」

ニコラは鳥に向かって必死で訴えた。けれど鳥に声は届かない。

死んだ、死んだ、と鳴く鳥の背後から、嵐がやってきていた。

群青《ぐんじょう》に霞む水平線に、くろぐろと現れた雷雲は、最初は茫洋《ぼうよう》と佇《たたず》む壁のようであった。

あまりにも巨大なため動かないように見えるのだ、と気づいた時には、もはやなすすべもなく、船は雷雲の中へと吸い込まれていった。

雲の壁の中は重暗く帯電し、風は狂ったように叫んでいる。壁のように立ち上がる波は他の波とぶつかりあって巨大化し、船の四方から襲いかかってきた。

船の帆は、今にも張り裂けそうで、マストはぎいぎいと悲鳴を上げ、乗組員たちは横殴りの雨風に襲われ、甲板へと叩きつけられた。

「私じゃない、私のせいじゃない！」

嵐のなかで、なおも叫び続けるニコラを、船員たちが取り押さえる。

「いたぞ！　こいつだ！　魔女の息子だ！」

「嵐を呼んで俺たちも殺すつもりか！」

「違う、私じゃない！」

責められて、声のかぎり否定しても、誰もニコラに耳を貸さない。

「こいつを沈めろ！」

ニコラは無理やり棺《ひつぎ》に閉じ込められて、釘を打たれ、海に落とされる。

真っ暗でなにも見えない水のなかをごぼごぼと落ちてゆく。身動きもできない。助けは来ない。肺が押しつぶされるような恐怖に、ニコラは叫び声を上げた。


「暴れるな、大丈夫だから」

ふいに柔らかな光がともり、頭上から、優しい声が降ってくる。

いつのまにかニコラは、柔らかな寝床に仰臥《ぎょうが》していた。

松明《たいまつ》の炎がはじける音と、さざめく波の音ばかりの静かな部屋にいる。

ニコラの手足はなにかに押さえ込まれ、自由が利かないようになっていた。

「シー……いいこだ」

拘束されていることに、ニコラは一瞬恐慌を来《きた》したものの、その声を聞くと、不思議と力が抜けていった。

にじむ視界の先に、赤い海があった。月のような緑のひかりもふたつ、浮かんでいる。

不思議な光景だと、ニコラは動かない頭で考えていた。

でも、きれいだ。見とれずにはいられない。

「そうだ、いい子だ」

もがくのをやめたニコラの上に、声が降る。穏やかな春の雨のように。

大きな手が、そっとニコラの頬を包み、緑の月が降りてきた。

ほどなく唇に、柔らかなものが触れる。ニコラにはそれが、唇だとわかった。

そしてニコラの四肢が、筋の浮き出たがっしりとした腕と、たくましい太ももに絡めとられているということも。

その腕に触れると、肉をえぐった傷跡に触れた。

ああ、これはあの男だ。入れ墨と傷だらけの、赤い髪の、意地の悪い男だった。

でもどうして、彼がこんなことを私にしているのだろう。

拷問《ごうもん》や辱《はずかし》めの一環なのだろうか。

でも、何故だか、嫌じゃない。

彼の唇を通って、ニコラの喉に、甘くぬるんだ液体が流れ込んでくる。

喉を鳴らしてそれを飲み込むと、すっと体が透き通るように楽になった。

「慌てるな、ゆっくりだ、ゆっくり」

大きな手のひらが、ニコラの背中をさする。

ニコラは新鮮な空気を大きく吸い込むと、ふたたび目を閉じた。不思議なくらいに呼吸が楽だ。その心地《ここち》よさに体が弛緩《しかん》し、目をあけていられないほど眠くなる。

「よし飲んだな。あとはゆっくり休め」

ぐったりとしたニコラを、彼は支え、ふたたび寝台に横たえてくれる。

「ほら、眠れ。ぐっすり寝るんだ」

まだ眠りたくなくて、うす目をあけると、彼がニコラの目元を手のひらでふさぐ。

抵抗しようかと思ったが、彼の肌の放熱が心地よくて、素直にまぶたを下ろした。

そういえば誰かのそばで眠るのは久しぶりだ。力を抜くと、まるで暖かな海に沈んでいくように、ゆらゆら揺れて、気持ちがいい。

その幸福感にニコラは微笑んで、夢の世界へと落ちていった。


目を覚ますと、広い部屋に一人きりだった。

ここがどこだか思い出せないまま、ニコラは慌てて体を起こした。

その拍子に掛け布がはらりと肩から落ちて、ニコラは自分がひらひらしたシュミーズ一枚の心もとない姿だと気づいた。慌てて近くに置いてあった布を体に巻きつける。枕元にはニコラの衣装がきちんと畳んであるが、着付けを手伝ってくれそうな相手は見つからない。

仕方なく、そのまま立ち上がる。不思議なほど体が楽だ。

吐き気も頭痛もなく、驚くことにお腹も空いている。こんなに体調がいいのは久しぶりで、逆に調子が狂うくらいだ。

外は相変わらず霞《かすみ》がかっているものの、陽の光が拡散してぼんやりと明るく、窓からは海面に浮かぶロベール号の姿もよく見えた。

周囲には海鳥が飛び交い、波打ち際には大きな海獣の姿がある。黒ずんでいると思っていた崖には緑も茂っているようだ。

奇妙に静かな光景を、ぼうっと眺めていると、急に下のフロアから怒鳴《どな》り声が響いた。

なにごとかと階下に降りてゆくと、グレイと、昨日の赤毛の大男が睨み合っている。

「どうかしたのですか?」

ニコラが尋ねると、グレイがはっとして頭を下げた。

「ニコラ様、この方はランド・プロテウス様です。この島、アマネアを統べる王家の一人だそうで」

そう言って、グレイが恭《うやうや》しく赤毛の男をしめす。けれどその目は怒りを殺しきれず、ぎらぎらとした異様な気迫があった。

「ランド様、こちらはニコラ・ベンジャミン様です。昨夜もご紹介しましたが、ドナウルーダの王の血をひく方です」

「こいつが誰であろうと関係ない。アマネアにいるからにはここの規則に従ってもらう」

「ランド・プロテウス、さま、お目にかかれて光栄です」

ニコラが名を呼び、挨拶をしても、ランドは無表情に見下ろしてくるばかりだ。

無礼を無礼とも思わないようだ。すがめた緑の目は、凍りつく薄刃のようだった。

それなのにニコラの視線は彼の薄い唇に吸い寄せられて、慌ててうつむいた。

ただの夢だったのかもしれないが、昨夜、あの唇がニコラのそれに触れた。

ニコラは生まれたころから修道院暮らしだ。修道士ではなくとも戒律に則《のっと》った禁欲的な生活が日常であり、人との接触には過敏だった。薬を飲ませるためだとしても、誰かに口づけをされたことは初めてだ。

二十歳にもなってこんなにも意識してしまう自分を恥じつつも、ニコラは背筋をのばし、ランドに説明を求めた。

「今回の航海では、私も責任者の一人です。この状況についてご説明願えますか？」

「お前たちの積荷を点検したが、積んでいたのはあの木だけではないな。どこで手に入れた」

冷たい言葉に、ニコラはランドが未だ自分たちを盗人《ぬすびと》だと疑っていることに気づいた。

「船の積荷は私の薬草園から運んだものです。盗んだものではありません」

何て疑り深いのかと、憤然《ふんぜん》と反論しても、ランドには堪えた様子もない。

「島の種は厳重に管理されている。おいそれと持ち出せるわけがない」

「そうは言われましても、植物の種でしょう？　完全に管理するのは不可能では？　風や鳥に運ばれてきたのかもしれません。」

理不尽に思えて、ニコラは眉を寄せる。

「お前の常識はここでは通用しない。この島が大陸とどれほど離れていると思っている」

にべもなくランドは切り捨てる。

「しかもお前たちの所持している種は、持ち出し禁止のものばかりだ。まあ、十年単位で代替わりの跡があるし、お前自身が盗んでいないという主張は認めてやらんでもないが」

ランドは、ニコラの主張を僅かばかり受け入れたようだが、その判断は容赦《ようしゃ》がなかった。

「とはいえアマネアの植物を無断で持ち出されて見過ごすわけにはいかん。この島の位置を得体《えたい》の知れぬ国の連中に知られるのも困る。よってお前たちの船は廃棄させてもらう。お前ら自身は処置が決まるまでここで待機だ」

「そんなことは許されません！」

ニコラは思わず声を荒げた。

「お前が許さなくとも俺たちには関係ない。助けてやっただけでもありがたいと思え」

いいえ、とニコラはかぶりをふった。これればかりは、引き下がるわけにはいかない。

「ロベール号にある植物は全て私の財産です。そして王族たる私には全ての国民に対し責任があります。罰を受けるのなら、私のみが負うべきです」

「いけません、ニコラ様」

グレイが声を上げるが、ニコラはランドから目を逸らさなかった。

彼は非情な暴君なのかもしれない。それでもこればかりは譲れない。

「どうか、ドナウルーダの王の血に免じて、恩情を与えてくれないでしょうか」

「たかがお前の命ひとつと、国民の安全を天秤《てんびん》にかけるのは割に合わない」

ニコラはその場で膝をつき、最高の礼を尽くしたが、それでもランドは決定を覆《くつがえ》さない。

「皆にはドナウルーダの規定にもとづき、この島の情報を口外しないと誓約書を書かせましょう。それに、私の植物たちは長年私の国で育てられているので、原種と性質が変わっているでしょう。私の指導なしには枯れてしまうおそれもあります。今までも、私と母以外の手では世話のできない種ばかりだったのですから」

「ほう？　お前は植物を育てる特別な才能があるというのか？」

ニコラの必死の取引材料が、ようやくランドの興味をひいたらしい。

「才能かはわかりませんが、私の母には特別な知識があったように思います。ヴァイオレットは息子である私にその技術を引き継がせてくれた」

「ヴァイオレット？」

不意にランドの雰囲気が変わる。

「母の名です」

「そうか……」

「それがどうかしましたか？」

ニコラの疑問には答えず、ランドはむっつり黙り込んだあと、いいだろう、と頷いた。

「お前がこの地に残ることを条件に、船の修繕と、他の連中の自由を約束しよう」

「ニコラ様を置いてはいけません」

割って入るグレイの抗議にも、ランドは顔色一つ買えなかった。

「悪い取引ではないはずだ。それにこいつはどうも体が弱いようだ。どうせこれ以上の長旅には耐えきれん」

「これほどまでに育ってこられた環境と違う場所では、なおる病もなおりません」

グレイが激昂《げっこう》してランドに食ってかかる。

ニコラは、自分よりも怒ってくれている相手がいるせいか、比較的冷静だった。

一人でこの島に残るのは恐ろしく、不安なことだ。だがランドの言うとおり、母から継いだ植物たちは、他では見ない種ばかりで、島固有というのは本当かもしれない。すべての植物を管理しているという話は眉唾《まゆつば》ものだが、盗品の可能性は否定できない。

ニコラの母は、ドナウルーダの薬草園にある植物たちの由来《ゆらい》を教えてくれなかった。ただ、薬草園にあるものは自分たち親子のものだと言うばかりだった。

それに、もし植物を見捨ててこの島を脱出したとしても、保護の見返りである植物を失ったニコラが、シークレアに受け入れてもらえる保証はない。

なにより、ニコラにとって、薬草園の植物たちは母の形見だ。この島で、自分は想像を絶するような扱いを受けるかもしれないが、植物たちにとって温暖多湿な島の環境は、シークレアのそれよりも良いだろうし、大事に育ててもらえるのだろう。

自分がここに残れば、グレイたちも、植物たちも助けられ、丸く収まるのなら。

「かまいません。確かに私は体が弱くて、皆の足を引っ張ることにもなりかねませんし」

だからニコラは、胸をはり、そう言った。

「船を修理し、皆を無事に解放してくれるのなら、喜んで私は島に残りましょう」

たとえ捕虜《ほりょ》として、一生を家畜のように過ごすことになろうとも、少しでも自国の民のために、自分の犠牲が役立つのなら。

名を捨てて知らぬ国で生き延びるよりも、ドウナウルーダの王、ベンジャミン一族の血をひくものとして、なすべきことをしたという矜持《きょうじ》が得られるほうがずっといい。

「邪魔をする」

そんな覚悟を決めたのに、夕食後、当然、といった様子でランドが訪ねてきたので、ニコラは仰天《ぎょうてん》した。

「あの……」

「検診に来た。体の調子はどうだ？　食欲はあるようだったが」

ランドはニコラの戸惑いを気にする様子もなく、ずかずかと中に入ってくる。

「私は罪人なのでしょう？　昨夜もあなたが私を介抱してくださったと伺いました。王家の方がじきじきにとは恐縮いたします」

「礼は必要ない。そういうしきたりだ。俺たち一族は体が頑丈で病に強い。どんな病気を持っているかわからんよそものを島の者に近づけるよりよっぽどマシだ」

壁際に立ちすくんで、控えめに抗議するニコラを、ランドは面倒くさそうにいなす。

「大事をとっているだけだ。幸いお前のは今のところ、ただの疲労と脱水だけのようだが」

「ですから、ご心配いりません、体調は良くなりました。ありがとうございます」

ニコラはなんとかランドを追い出したかった。けれどランドは振り向きもせず、薬箱らしきものを床にどかりと置くと寝台に清潔な布を広げ、さっさと準備を始めている。

「治療の必要を判断するのはお前ではない。俺だ。さっさと服を脱いでここに寝ろ」

ぴしゃりと言われて、ニコラは愕然《がくぜん》とした。

「服を脱ぐのでしたら使用人を呼んではくださいませんか？」

「なぜだ？　お前は一人で服を脱ぐこともできないのか？」

馬鹿にしたように鼻で笑われ、ニコラはむっとする。

「服の着脱は使用人の仕事です。王族はその仕事を奪ってはならないと教わりました」

「この国には服を脱ぎ着させるだけの仕事などない。一人で服を脱ぐこともできないのは、老人か怪我人か病人か赤子だ。お前は俺に赤ん坊扱いされたいのか？」

「それも正式な仕事です。服というのは大事に扱うものですから……」

そこでようやく、ニコラは自分が丸一日、ほとんど下着一枚に布を巻いただけの格好で過ごしていたことに気づいた。

「いえ、申し訳ありません。こんなだらしない格好で王家の方の前に出るなど」

前をかきあわせ、赤面するニコラに、ランドは呆れた様子だった。

「もう何でもいいからそのまま寝ろ」

手をひらひらとさせ、どうでもいいとばかりに指示する。ニコラは屈辱に顔をしかめつつ、しぶしぶと寝台に横になり、ランドを見上げた。

じりりと音をたてるろうそくの明かりのもとで、彼の肌は蜂蜜のように艶やかだ。中身を別とすれば、ランドは本当に美しい。宝石のような緑の目。南国の花のようにゴージャスな赤い髪も驚くことに地毛のようだ。長いまつげも高い鼻も品よく整っており、ニコラは昨夜の夢を思い出さずにはいられなかった。

「前をあけるぞ」

ランドはそう前置きをして、ニコラのシュミーズの前ひもを解いて、胸に触れた。

ニコラは思わず上げそうになった声を、ぐっと飲み込んだ。

別に何をされているわけでもないのに、耳が熱くなる。

「肺に別状はなさそうだな、肋骨も無事だ」

「あの、ですからもうどこも悪くは……」

「だが微熱がある。脈も早い」

ひたりと額に手をあてられて、思わずひっ、と小さく声を漏らしてしまうと、ランドが、軽く短く息を漏らした。

え、今、笑った？

ニコラはびっくりしてランドを見上げたが、彼の表情に変化はない。

「ずいぶん回復したようだが、念の為薬を用意しておこう」

彼はひととおりニコラの体に触れて確認したあと、持参した木箱から何枚かの葉や木の実を取り出し、乳鉢《にゅうばち》ですりつぶしはじめた。

ニコラは興味をひかれて、薬箱のなかを覗き込んだ。ランドは迷惑そうにしながらも作業の手は止めない。

「……それは熱ざましですね」

「……」

「母に教わりました。懐かしいです」

「……」

あくまで無視を決め込むランドに、ニコラは少し意地の悪い気持ちになった。

「でも母のほうが手際《てぎわ》が良かった。彼女は触れるだけで植物の種類を判別できました」

「それは優れた薬師だったのだろうな。俺は癒やし手としては劣等生だから羨《うらや》ましい」

煽るつもりで言ったのに、素直に認められて、ニコラは思わず口を閉じた。

「俺は不器用だし指先の感覚も鈍い。覚えも良くはないしな。自覚はある」

そう言いながらも、彼は丁寧に薬をひいて湯をあたため、ニコラが飲みやすいようにしてくれている。その手付きは確かに器用ではないが、真摯《しんし》だった。

ニコラは決まりが悪くなった。気に食わない相手だが、どんな相手にも手を抜くことのないその姿勢は立派だ。

けれど昼間の散々な言われようを思い出すと、悔しいので褒《ほ》める気にもなれない。

「これを飲め。元気になる薬だ」

ランドはぶっきらぼうに木製のカップを差し出した。少なくとも食欲はそそられない液体を、ニコラが苦労して飲んでいると、ランドはぽつりと呟いた。

「今日は一人で、ちゃんと飲めるようだな」

「あ、やはり昨夜のは……」

「悪かったな、この通り不器用で、意識がしっかりしてない相手には上手《うま》く飲ませられなかったから口移しをした。お前の国では不敬になるかもしれんが」

あの温かい唇は本当にこの男のものだったのだ。予想はしていたが、いざ事実だと本人に言われると、ニコラはいたたまれなくなった。

「いえ、助かりました……ありがとうございます」

なんとなくランドから目を逸らし、しどろもどろで返す。

「まあ、よく効く薬だ。嫌でも残さず飲め」

ランドは薬さえ飲めば後は気にならないようだった。

ほっとした気持ちをごまかすように、ニコラは薬を飲み干した。

「お、いい飲みっぷりだな。飲んだら寝ろ」

ひょいとカップを取り上げられ、雑に寝させられる。

まるで家畜の世話でもしているかのような調子にむっとしても、ランドには伝わらない。

「なんだ、添い寝が必要か？」

「誰が！　私はとうに成人しています！」

勢い良く反論してから、ニコラは寝返りを打ち、彼に背中を向けた。

「仰向けのほうが呼吸が楽だぞ」

「おかまいなく。このほうが落ち着くので」

つんとして言い返しても、ランドは何も返さず、立ち去りもしない。

最初はそれが鬱陶《うっとう》しかったけれど、ふと、もしかして、眠るまで見守るつもりなのだろうか、と気づくと、苛立っている自分が恥ずかしくなった。

罪人であろうとも、ランドはきちんと看病する人物のようだ。自分が同じ立場だったら、彼のようにできるだろうか。自信はない。だから意地悪だなんて思ってはいけない。

息をひそめ、彼の気配を探る。そばにいる彼は夜の海のように静かだ。

今、ランドはどんな顔をしているのだろう。

気になったけれど、次第にニコラの意識は心地よく溶けてゆき、気づけば朝までぐっすりだった。


ロベール号の修繕は迅速に進められた。

まず船内の積荷はすべて降ろされ、沖に捨てるように指示される。

船員たちが食料を海に投げ捨てると、それを狙ってきた鳥や魚で、群青色の水面がぼこぼこと沸き立った。魚が跳ね回り、鳥は矢のように海中へと突っ込んでゆく。その勢いは凄まじく、まるで巨大な銀の怪物が海中で暴れ回っているようだった。

その向こうには帯電する雲の壁がそびえている。この島は、城壁のごとき雷雲で囲まれているらしい。なるほどこれなら地図に載らないのも納得できる、とニコラは先日の、荒天を思い出す。

廃棄された食物のかわりは、充分な量が船員たちの待機する屋敷に運び込まれた。果物、はちみつ、芋、穀物、生きたにわとり、虫よけハーブたっぷりの焼き菓子。

翌朝には引き潮を使って、ロベール号は岩の上に乗り上げていた。

船内の水はすべて抜かれ洗われ、薬草をいぶした煙《けむり》で消毒されている。

美しいロベール号を汚物のように扱われて不本意だったが、以前、島に侵入したねずみから疫病《えきびょう》が流行《はや》り、多くの島民が命を落としたらしい。

アマネアの人々の慎重さに、ニコラは自らの無知を恥じた。

遠い国に生きる人間はまともな会話もできず、ボロ布をまとって魚を生で食べているのだと思っていた。

アマネアがドナウルーダと同じくらい優れた文化を持っているのは間違いない。

ただ、アマネアの船はカヌーのように小さく、石や金属を用《もち》いた装飾具をほとんどつけていない様子から、鍛冶《かじ》をはじめとした造船技術は高くはないように見える。

本当にロベール号を修復する技術があるのだろうか。

けれどそんな疑いは、すぐに覆された。

船の消毒がすむと、ようやくアマネアの民がロベール号に乗り込み、船の破損箇所に小さな穴をあけて、そこに種のようなものを埋め込んでいく。

島民たちがなにごとか唱えると、種を植えた穴のなかから、投網のような白いレース状のものが吐き出された。

予想外のできごとに、ニコラたちは肝《きも》をつぶした。大きな蜘蛛《くも》でもいるのかと思ったが、よく見れば薄い緑をした植物だった。それは網状の柔らかい蔓《つる》を吐き出し、船の破損箇所に幾重にも重なることで、またたくまに穴をふさいでゆく。

夕刻にはその蔓は乾いて、茶色い木の色になった。

翌日、島民たちは、その植物をナイフで傷つけた。傷口からは樹脂が溢れ、数時間もすると、それは透明に固まって水をはじくようになった。

「この植物たちは、しばらくは生きている」

ランドは船修理の指揮もとっているらしく、グレイたちに船の修繕について説明した。

「お前たちが目的地につくまでの期間くらいは、多少の穴なら自己修復してしまえるだろう。それからこの花もやろう。手のひらや、それに近い温度のもので根元を温めると、どんなときにでも南の方向に首をかしげる」

「それは……すごい。ありがたいです」

グレイはかすれた声でなんとかそう絞り出した様子だ。彼がこんなに怯《ひる》んだ顔をするのを、ニコラは初めて見た。

　さもありなん。ニコラたちの住んでいる地域の認識からいえば、アマネアの民がつかった技術は魔術と呼ばれるものだった。

　時間を捻じ曲げ、大きく重いものを動かしたり、遠隔地の人間を殺したり、未来を見たりする。そうやって世界の法則を、運命すら変えてしまう力。

　ニコラたちの世界では、魔術は闇の力だと忌《い》み嫌われている。その力を使えば呪われて、地獄におちるのだと信じられている。

「魔女の島だ」

　案の定、船員たちはどよめき、恐れた。

「魔女の子供を乗せたせいだ！」

　大きな声が上がり、ニコラはびくりとする。

「そうだ、あいつがこの島に来るように仕向けたんだ！」

「お前たち、ニコラ様の献身で首がつながっていることを忘れたのか？」

　グレイがすぐさまそれを叱ったが、耳を貸す者はいない。

「だから俺は反対したんだ！　絶対に悪いことが起こるに違いないって！」

　大きくなる騒ぎに、ニコラは立ち尽くした。先日の悪夢が現実になったのかと思った。

　ニコラがロベール号に乗船することを、船員たちは快く思っていない。彼らは屈強だが迷信深く、不吉なものが船にあることを嫌がるのだ。

「お前は魔女の子だと言われているのか？　人でも呪い殺したのか？」

傷ついて黙り込んだニコラに、ランドが追い打ちをかけてくる。あなたにはデリカシーというものはないのですか？　と言いたい気持ちを抑えて、ニコラは口を開いた。

「……母の出自《しゅつじ》が不明だからです。そして私は彼女と瓜二《うりふた》つだと言われています」

「それだけで魔女だと言われるとは言いがかりもいいところだ」

「それだけ、ではないのですが」

軽く眉をひそめて、理解できない、という顔をしているランドに、ニコラは苦笑した。

「母は変わった植物を育て、誰も知らない薬を作れました。まるで魔法使いみたいに。それに母は病気がちで、ひどくやつれて、年齢よりも随分年老いて見えましたから、その姿を恐ろしいと思う者もいたのでしょう。人は見慣れないものを恐れるものです」

説明しているうちに、ニコラは自虐《じぎゃく》的な気分になった。

「その息子の評判はもっと悪い。青白くて陰気な顔立ちで、母の薬草園に引きこもっているので、王を毒殺しようとしていると噂されていました」

「やったのか？」

「していません」

きっと眉を上げて否定する。ランドは、そうか、と、軽く頷いたあと、おもむろに顔を前に向けると、皮膚《ひふ》がびりびりするほどの声を出した。

「こいつはもうこの国のものだ！　こちらのものを悪く言うことは許さんぞ」

異様な気迫で一喝《いっかつ》されて、船員たちは一瞬で黙り込んだ。

ニコラもまたその迫力に飲まれて、動けなくなる。

「お前らはこいつと、こいつの木のおかげで無事でいられるんだ。わかったらさっさと出港の準備をしろ、不満があるやつは今すぐここから投げ捨てて魚の餌《えさ》にするぞ」

続けて脅されて、船員たちは慌てて散っていった。

「私はこの国のものではないのですが……」

みなが出ていったあと、ようやく金縛りがとけて、ぼそぼそとこぼしたニコラの反論を、ランドは聞こえないふりをした。けれど不思議と、腹は立たなかった。


翌朝、ランドが空に弓を放つと、ほどなく島を取り囲む雲の壁が割れた。

まるで神が海を分けたかのように、東の方向に一本の、凪《な》いだ海の道が通ってゆく。

アマネアの人々は、天候すらコントロールできるらしい。

グレイは最後までニコラの手を握り、乗船を迷っていた。

「行ってくださいグレイ。あなたがいないと皆、ここから離れられません」

ニコラが穏やかになだめて引き離すと、彼は悲しそうにニコラを見た。

「殿下、知らないうちに、すっかり大人になられましたな。若き日の、ヴァイオレット様そっくりです。お母上は聡明で勇敢《ゆうかん》で、愛情深い方でした。殿下にそれが受け継がれているのを感じます。殿下を置いてゆく私の伝えるべき言葉ではないかもしれませんが、どうか、どうか希望を失いませぬよう」

「ありがとう。母がいなくなってからも寂しくなかったのは、グレイのおかげだよ」

「殿下のお人柄を知れば、この国の者もきっと、あなたを邪険にはしないはずです。なんとかして迎えに参りますので、それまでお元気で」

「そんなに心配しないで。ここには見たことのない植物がたくさんあるでしょうから楽しみなくらいです。あなたを驚かせるような良い種がないか探しておきますね」

グレイを安心させるためにそんなことを口にしたものの、ニコラは、彼がここに戻ることは難しいと知っている。

それに今までだって、ニコラは認められるために精一杯努力してきた。

十歳で母を亡くしてから、たまに訪れる父やグレイ以外は、親しく接してくれる人もおらず、病弱で、ひとりぼっちだった。

それでも、正しく真面目《まじめ》に生きていれば、いずれは皆に王の一族と認めてもらえると信じて、母ゆずりの薬学以外の座学も武術もと日夜励んできた。

それでも結局国から追い出された。これ以上、何を希望にすればいいのだろう。

惜しみつつ別れたグレイを乗せたロベール号は進み、やがて水平線へと消えてゆく。しゃらりと揺れる耳飾りに触れながら、あっけない別れだな、とニコラは思う。恨んではいない。自分で決めたことだ。どうか無事に到着してほしいと願うばかりだ。

そうやって、ニコラはアマネアに取り残された。

「怖いか？」

と、尋ねられれば、人は反射的に「怖くない」と返してしまうものだ。

だからもっと気をつかった言い方をしてほしかった。

そんなことを内心愚痴《ぐち》りつつ、ニコラは大きな籠《かご》に入れられて絶壁を登っていた。

遥か下方では、鋭く尖った茶色の岩に、波が打ちよせ渦を巻いている。ロープ一本で無《む》造作《ぞうさ》に引き上げられている籠の安定は悪く、僅かな風でもよく揺れた。

冷や汗をたらすニコラのそばを、驚くべきアマネアの人々は命綱もなしに、ひょいひょいと登ってゆく。

たとえ足を滑らせても植物を操って落下を防げるからできる芸当だろうが、それにしたってニコラにはあんなに身軽に、ほとんど垂直の絶壁を登るなんて無理だと思う。

ニコラと同じように籠に入れられて引き上げられているのは、屋敷でふるまわれた料理の残りものらしき野菜と、大きな死んだ魚だけだ。おかげですっかり気分は食材だ。昨夜ランドが、咳どめにと、ニコラの背中に塗ってくれたのはバターと塩だったのかも。

それでもなけなしの自尊心をかきあつめ、ニコラはなんでもないふうを装っていたが、ようやく崖の上にたどり着いてほっとした瞬間に、これに乗れと連れてこられたものには、たまらず、叫び声を上げてしまった。

「ドラゴン！」

「トカゲだ」

おぞけだつニコラの隣でランドが冷静に訂正する。

どっちでも変わらない。目の前にいるのはニコラの胸ほどの体高のある大きなトカゲだ。巨大な黄色い目をぎょろぎょろ回して青い舌を見せてきて、おぞましい以外の表現が思いつかない。

「心配しなくともこいつらは野菜と果物と芋しか食べない」

そう言いながらランドはトカゲの首を撫でた。トカゲは花やビーズや美しい染め布で着飾られており、大事にされているようだった。

「まず乗るには餌をやって気に入られろ」

ランドはニコラが同意したわけでもないのに、大きな梨のような果物を押し付けてくる。

とんでもないとかぶりを振ってみたものの、果物を見るトカゲの目が食らいつくようで、仕方なく腕を差し出すと、トカゲは大きく口を開いて、子供の頭ほどの果実を一瞬で噛み砕いた。

逃げる隙もなかったニコラは、トカゲのピンク色の口の中に、粗いやすりのような細かい歯がびっしりと生えているのを間近で確認してしまい、ほとんど卒倒しそうだった。

「そしてこの背中に乗る」

「無理です」

「籠よりは揺れない」

そういう問題じゃないと、ニコラは決然とかぶりをふった。

「私の国ではドラゴンは国を滅ぼす怪物です。呪われた生き物には乗れません」

「ドラゴンではなくトカゲだと言っているだろう。よく慣れている」

「そういうことじゃないんです。文化的な忌避感があるという意味です」

「よくわからんな。乗れ」

ランドは面倒になったらしく、おもむろにニコラを持ち上げてトカゲの鞍《くら》に座らせると、ロープを巻きつけて鞍の背後に据えられている荷物かごに固定してしまった。

「え、ちょっと」

あっというまの所業に、ニコラはうっかりなすがままにされてしまった。

「しっかり掴まっていろ。振り落とされはしないだろうがむち打ちにはなるかもな」

下ろして、と訴える声すら出せないニコラをよそに、ランドが隣に控えていたトカゲに乗り込んで走らせると、ニコラを乗せたトカゲも、鋭い鉤爪《かぎづめ》のついた後肢で力強く大地を蹴り上げた。その加速は素晴らしく、風のようにニコラの悲鳴を後ろになびかせてゆく。

おかげでしばらくは生きた心地がしなかったニコラだが、しばらくすると、その乗り心地が意外にも悪くないことに気がついた。

トカゲたちは最小限の動きで障害物を避け、無数の木の根がはびこる地面を滑るように走り抜けている。二頭はつかずはなれず、時折鳴き交わす声は鈴を転がすようだ。

楽しそうだな、と、ふと思ったニコラは、ようやく周囲が妙に明るいことに気づいた。見上げれば、作り物のように青い空が広がっている。今まで周囲を覆っていた霧は、今や遥か崖の下だ。二匹のトカゲは瑞々《みずみず》しい緑の海岸線を走り抜けている。ニコラの頬を撫でる風はかぐわしく、頭上で海鳥が鳴いている。

森が深くなると、周囲はさらに鮮やかになった。何世紀も経ていそうな大樹はふかふかとした苔《こけ》に覆われ、力強い枝には、甘い香りが滴る果物がたわわに実っている。畑は緑に満ち、泉は澄み渡り、それら全てを葉からこぼれ落ちた陽光がまだらに輝かせている。

やがて島民たちの姿も見えはじめた。人々はランドに気づくと、大きく手をふって声をかけてくる。

何を言っているかはわからないが、王家の人間にずいぶんフランクに話しかけるものだと、ニコラは驚いた。

ランドは呼ばれるたびに手綱《たづな》をゆるめ、ぶっきらぼうながらも逐一《ちくいち》返事をしている。

澄んだ小川のそばでは、洗濯をしている人々が歌を歌っていた。調子が出てきた一人が洗濯物そっちのけで踊りだしても、皆は手拍子ではやしたてる。

島民は畑をたがやし、果物をもぎ、日々を楽しんでいるようだった。

彼らの住居は崖の屋敷と変わらないものだが、花や布で賑々しく飾られている。

牧場に馬や牛などの大きな家畜は見当たらず、ヤギと鶏をたまに見かける程度だ。

かわりにトカゲが人々の足元で休み、荷物を運び、植物たちがその補佐をする。

なにより驚くのは多様で個性的な植物相だ。

物心ついたころから、植物図鑑に夢中だったニコラをしても、視界にはいる花や葉のほとんどが見たことのないものだった。

「なんて美しいのでしょう。まるで楽園のようだ」

それはニコラが今まで見たどの絵画よりも、どの音楽よりも胸を打つ光景だった。まるで神話に出てくる神の国、天使の住まう楽園だ。

ぼうっと頬を染めるニコラに、ランドが、そうだろう、と同意した。

「当然だ。アマネアは俺たちの国なのだからな」

その声が、あまりに嬉しそうだったので、思わずニコラはランドを見上げた。

宝石のような緑の目は誇らしげに輝き、鮮やかな髪がふわりと風をはらみ、まるで高貴な紗《しゃ》をまとっているようだった。

いつもの仏頂面《ぶっちょうづら》を解いたランドはこんなに輝いているのか。

「ありがとうございます」

なんてきれいなんだろう。感嘆のあまり、ニコラは反射的に、彼に礼を伝えていた。まるで素晴らしい演奏を聞いたあとにするように。

けれど口にしてから、その脈略のなさに我ながらびっくりする。

ランドはもまた虚《きょ》を衝《つ》かれたような顔をしたあと、ぎゅっと顔をしかめた。

「礼を言われるようなことはしていないが……まあ、いい。もう到着する」

ふいと目を逸らすと、ランドはトカゲの手綱を緩めて飛び降り、ニコラの胴体に巻き付いていたロープを外した。そこでようやく、ニコラは自分が荷物かごに縛りつけられていたことを思い出した。

そのうえまたもやランドに子猫よろしく首根っこを掴まれてトカゲから降ろされて愕然としたが、ランドがあまりにも自然にニコラを荷物のように扱うので相変わらず抗議のタイミングを失ったままだ。

「こちらだ。握るぞ」

「え」

しかも手を繋いでいくつもりらしい。縄で縛られるよりはましだが、引っ張る手は強いし、ランドとは歩調が合わず、むしろ危ない気がした。

「あの、私は子供ではないのでそこまでしていただかなくても」

「子供でなくとも落ちて頭でも打ったら、それこそ便所にすら一人で行けなくなるぞ」

言われて思わず背後を見たニコラは、自分がずいぶん高い場所にいることに気がついた。苔で覆われた木の根はでこぼこして滑りやすそうで、ところどころ大きな穴もあいている。たしかに転ければおおごとだと、無意識にランドの手をぎゅっと握り返す。

「……手すりくらいつけたほうがいいんじゃないでしょうか？」

「なぜだ？　俺たちには必要ない」

理解できないとばかりに首をかしげられ、ニコラはむっとしたものの、ここで手を離されてはたまらないので黙っておいた。

「これが王の住む城だ」

森が途切れたところでランドが立ち止まる。ニコラは彼の指差す方向を目で追って、息を呑んだ。

そこには、空を突き抜けそうな巨木がそびえていた。

「城の壁を覆うのはアルドラという、いちじくの一種だ。他の木に着生して、蛇のように幹に巻き付いて育つ。そして長い月日をかけて、宿主の木を絞め殺してしまう。宿主はやがて腐り落ち内側に空洞ができる。そうやって、人間にちょうどいい住まいができる」

「葉のかたちはボダイジュに似ていますね。こんなに巨大化する種があるとは」

城の内側に入ったニコラは何度も感動して声を上げた。

絡み合うアルドラの幹の隙間から、光が幾筋も内部にこぼれ、小鳥が飛び交っている。まるで大きな伽藍《がらん》だ。人々はアルドラの枝から枝へと橋を渡し、ところどころに、木でできた鳥かごのような部屋を作っている。

「島中のアルドラの木は根でつながっていて、海まで伸びている」

「崖を覆っていたのもこの木の根だったのですか」

木製の城は美しいものの、渡り廊下の構造は吊橋と同じだ。足元がぐらぐら揺れるたびにニコラは肝を冷やしたが、次第にこの斬新な城の内部に心奪われてそれを忘れていった。

「あれはアルドラの花ですか、まるで巨大な蓮《はす》のようだ」

ニコラはとくべつ大きな花に惹きつけられた。肉厚な赤い花弁が幾重にも重なるその中央に、ダイヤのようなきらめきがあり、思わず手を伸ばす。

「危ない！」

ばくり、と勢いよく花が閉じた、と思ったときにはランドに引き寄せられていた。

「知らない植物をむやみに触るな。あれは侵入者用の罠だ。あの花弁は固くて、閉じると肉に食い込んで決して離さない」

「……すみません」

しっかりと腰に添えられた手の頼もしさに、ニコラはなんとなく赤面してしまった。

今まで、この男を、無礼な乱暴者だと決めつけていたが、ランドはつねにニコラが怪我をしないように気遣っているのだと気づく。やり方は乱暴だが。

あんがい王族であるだけに、最低限のマナーは教育されているのだな、とニコラは、少々失礼な感心をしていた。

「アルドラの花は確かに大きいが、特別な時にしか咲かない」

「そうなのですか。それは見てみたいです。さぞや立派なものなのでしょう」

「そうそう簡単には見られないぞ」

ふふん、と鼻を鳴らすランドはわがことのように得意そうだ。

おそらくランドはこの木が好きなのだろう。他のどんな事象を語るときよりも饒舌《じょうぜつ》だ。

不思議と、母に重なるような懐かしさを覚える。

『この茎を煎じると熱ざましに。この木の若葉は、歯痛のときに噛むと痛みがやわらぐ』

今でもまざまざと思い出せる母の思い出。幼いころ、母はこんなふうに手をつないで、ニコラに植物のことを教えてくれた。

ヴァイオレットの小枝のように細い指は、ランドのそれとは似ても似つかないが、瑞々しい葉に優しく触れながら、その名を教える面影《おもかげ》は不思議としっくり重なった。

『寒気には、体を温める効果のあるものを。この植物の根を乾燥して粉にすると、使い勝手がいいわ。疲労にも良くて』

ニコラの母の薬草園は、さながら小さな森だった。頭上高く茂る木々から、足元を這う爪の先ほどの植物まで、綿密な計算にもとづいてくまなく植えこまれており、そこが修道院の限られた敷地だということを忘れてしまいそうなほどだった。

ニコラは母に従い、母の講義を熱心に聞いていた。

『忘れてはいけないのは、効果のある薬ほど、毒にもなるということ』

『死んでしまうということ?』

『あなたはいつも極端ね』

前のめりの問いかけに、ヴァイオレットはくすくすと笑う。

『確かに間違えれば死ぬものもある。でも正しく使えば人の命を救えるということ』

彼女は息子の頭を優しく撫でた。懐かしく、暖かな記憶だ。

『何よりも、大事なことは……』

話に夢中になると、母には独特の訛《なま》りが出た。

いつもニコラの言葉遣いにはきびしい母の、その、隙のようなものが好きで、それが出るたびにニコラは彼女をからかったものだった。

また発音が変になってますよ、と言えば、いつもあまり表情のかわらない母の頬がわずかに赤く染まる。それが誰も知らない母を知れたようで、嬉しかった。

「何よりも大事なことは、植物のほうにも人間とは違う事情があるということだ」

ああ、そうか、とニコラは理解した。

そのときの母の口調は、ランドのそれとそっくりなのだ。


城の中央部に位置する、ひときわ大きな部屋の奥では、何人かが円卓を囲んで座っていた。

そのうちの一人は際立って背が高く、どことなくランドと顔立ちが似ている。

おそらく彼はランドの身内なのだろうとニコラは見当をつけた。ただし、ランドよりもすらりとして、長細い指先は繊細《せんさい》そうだ。

艶のある長い栗色の髪は複雑に編み込まれ、清楚《せいそ》な花が飾られている。

彼らの上流階級然とした様子に、ニコラは僅かに親近感が湧いた。

「兄上」

ランドがその背の高い男に声をかけた。そのさい、ニコラの国の言葉を使ったので驚く。

呼ばれた男は振り返ると、すぐにニコラに気づいて、怪訝《けげん》そうに首をかしげた。

「どうしたんだその方は。異国の方のように見えるが、船に乗りそびれたのか？」

彼もまた、同じ言語で返してくる。ランドよりもまろやかな言葉遣いだった。

「彼は俺の兄貴のバート。アマネアの二番目の王様だ。頭がいいから外交や政治関係は兄貴の担当。鳥と会話ができる能力も持っている。あらゆるところに鳥の密偵をはなっているから、こいつの悪口は言わないほうがいい」

ランドは兄の質問には答えず、ふいと顔を逸らして、ニコラに説明する。

「あと、ストームという姉がいる。彼女が一番目の王だ。彼女は風を操る。島の周囲に雷雲を作り出しているのは彼女の能力だ。だいたい高い場所にいて、外からの侵略に目を光らせている。父親のナルドスもまだ生きている。賢くて頼りがいのある親父だ。ただ若いころのやんちゃがたたって、島の奥地で隠居生活中。一日二十時間は寝ているから会うのには時間がかかるだろうな」

バートを無視していいのだろうか。この国ではそういうしきたりがあるのだろうか。

立て板に水の紹介に、ニコラはこの国のマナーを尋ねることもできないまま、目を白黒させる。

「あの、一番目の王、二番目の王とは何ですか？」

それでも、聞き慣れない言い回しが気になってニコラは尋ねた。

「ああ、北の国では珍しいんだろうが、我々プロテウス一族は、生まれた子供すべてが王になる。だから生まれた順に、一番目の王、二番目の王だ」

「それは初めて聞きました。喧嘩《けんか》にはならないのですか？」

ニコラは自分の境遇を思い、この島の仕組みを羨ましく思った。

「もちろん喧嘩なんて日常茶飯事だが……」

「ランド、私の質問にちゃんと答えなさい。私の言いつけとおり、迷い船は返したのか？まだ報告をもらっていないぞ」

バートが静かに弟の態度をいさめてきた。子供に言い聞かすようだった。

ニコラは自分が叱られたように首をすくめる。やはり無視は万国共通だめなようだ。

当事者のランドのほうは、いつものことなのか、けろりとしている。

「心配するな兄上。兄上たちの寛大すぎるお計らいにより、船は無事に旅立った。破損箇所は修理させたし、食料も充分持たせた。船員たちも元気なままだ。一人も殴ってない」

「だったらその子はどうしたんだ？　はぐれたのか？」

バートはニコラを子供だと思ったのか、いっそ心配そうだ。ゆるりとした彼の言動はいかにも貴族ふうで、こういう上品な人とランドが兄弟だとは信じがたいと思った。

ニコラはどうにか挨拶をしようとしたが、ランドの口のほうが早かった。

「彼はニコラ・ベンジャミン、ドナウルーダという国の王の一族らしい」

ランドの解説に、バートはようやく驚いたといった様子で目を丸くした。それはそうだろうな、とニコラはひっそり彼に同情した。

「はじめまして、バート様」

ようやく紹介を受けて、ニコラは彼に頭を下げる。

「はじめましてニコラ様。ようこそ、アマネアへ」

バートはニコラに優雅な挨拶をしたあと、すぐに弟に向き直った。

「どうしてそのような身分の方がこちらに残されているのだ？」

「彼らの船から、アマネア固有の植物を没収したからだ。二十年ほど前に島から持ち出されたようで変異株が多いから、世話をしていたニコラに残ってもらった」

「ランド、そういう重要なことは我々に相談すべきじゃないかね」

バートが、さすがに困ったといったふうに眉を下げる。全くそのとおりだとニコラは思う。アマネアに常識が通じる人がいて良かった。

「植物を持ち出されるのは困るが、そのために、他国の、しかも王族を拘留《こうりゅう》するのは考えものだ。人質をとられたと誤解されれば、いさかいの種にもなりかねない」

「その件なら心配ご無用です、故郷では私は死んだことになっておりますので」

険悪になりそうな場の空気を変えようと、ニコラは思わず口をはさんだが、二人がぎょっとしてこちらを見たので、拙《まず》いことを口走ってしまったようだ、と目を泳がせる。

「その、私は王の血を継いではいますが正妻の息子ではありませんし、兄が、次期王となれば、彼に疎まれていた私は殺される運命でした。ですから私は東方の交易都市へ亡命のさなかでして、母国で私は死んだことになっています。私の消息は、逃亡を補佐した父と、私と同じ船に乗っていた者しか知りませんので、追手もおりません」

早口で説明したあとで、もう少し面子《めんつ》を繕っておいてもよかったのではないかと気づく。処刑予定の王族なんて厄介者《やっかいもの》、面倒ごとを嫌う国なら今すぐ消されてもおかしくない。

「それは大変でしたね」

けれど幸いにも、バートは平和主義のようで、ただ同情しただけのようだった。

「ですが、だからといって、あなたを引き止めていい理由にはなりません」

「やむを得ない判断でしょう。私にはこの国の種を奪った容疑がかけられておりますし」

ほっとしながら、ニコラは、なんとかバートを仲間につけようと慎重に言葉を選んだ。

「しかし盗難は、弟の説明によれば二十年ほど前とのこと。見たところ、種が持ち出された時よりも、あなたはお若く見えますが」

「種を持ち出したのが私の母なら、私にも責任があると思います。私の年齢は二十歳になったばかりですが、私はそれらの面倒を見て暮らしていましたので」

子供ではないことをほのめかしつつ、ニコラはぎこちなく微笑んだ。

「いいえ、当事者ではないのなら、あなたに罪はない。すぐにあなたの亡命先へ連絡をやりましょう。王家の人間に見合う船を用意するのは時間がかかるかとは思いますが」

けれどニコラが画策するよりもバートの判断は早く、決然としていた。政治担当とランドが説明していたので、おそらくニコラの処遇に関する決定権は彼にあるのだろう。

「ありがとうございます！」

予想以上にあっさりと、抜け出すチャンスが来たことに、ニコラは驚きと喜びで、飛び上がりそうになった。

覚悟したといっても、やはり未知の国で過ごすことを歓迎しているわけではない。移住に乗り気でなかったシークレアが最高の国に思える程度には。

ニコラはバートの気が変わらないうちに、許可をとりつけようと、早口で告げた。

「お気遣いなく、バート様。シークレアでは、私は王族の身分も名も捨て、エルダーという植物学者となります。偽名ですが、れっきとした植物学協会のメンバーで、数年前からその肩書で商人を補佐していました。植物図鑑も発行しましたし、植物取引に関しては多少名が知れています。学者の身分で交易都市に赴くならば特別な船は必要ありません」

「シークレアならば我々とも取引がある」

バートはすぐに賛成してくれた。

「それにしても植物取引の知識があるというのは頼もしい。ちょうど我々も交易に詳しい方を必要としていたのです。どうでしょう。幾つか仕事を引き受けてくれれば、すぐにでも取引顧問としての地位を授けてシークレアにお送りしましょう」

ちょうどいい、とばかりに少し砕けた調子でバートはわずかに身を乗り出した。

「実は新たな交易国が大口の取引を申し出てくれている。それ自体はありがたいが、相手の提示額が厳しくてね。新市場に出す予定のスパイスは買い叩かれそうでね」

「そういうことなら、おまかせを」

ニコラは信用できる人間に見えるようにと胸をはって続けた。

「香りや薬効がよほど画期的なものでない限り、目録にない植物は需要が読めず、相手も慎重になるものです。信頼を得るのに有効なのは証明書です。植物学者に命名されることで故郷の周辺国では正式な新種と認められます。私は公文書などに用いる正式な古言語も使いこなせますし、どうぞお役立てくださいませ」

「それはありがたい」

「兄上、よそものにたやすく国の内情をばらすのはやめたほうがいい」

スムーズにことが進みそうだったのに、ランドが水をさした。

おまけにニコラの腕をひっぱって、自分の後ろに隠すようにする。

ニコラはいまだランドと手をつないだままでいることに今更気づいた。けれど振りほどこうとしても、ランドはしっかり指を絡ませてきてびくともしない。

「この男、家族から疎まれて国から逃げ出してきたんだろう。信用に足る相手ではない」

そんなに頑固に手を繋いでくるというのに、あまりの言いように、ニコラはカッとなる。

「あなたの国とは事情が違うのです！」

「どうだか？　どうせシークレアに行ったたって、身分を隠しておどおど暮らすしかないんだろう？　とうに盗っ人と知られているアマネアで暮らしたほうがマシじゃないか？」

「私は泥棒ではありません……！」

ニコラは立て続けの暴言に胸をつまらせながら眉間に皺《しわ》を寄せた。この男には思いやりというものがないのだろうか。根拠のない悪口ならば耐えられるが、ランドのそれは的確にニコラの気にしている部分をついてくるのでひどく堪える。

「よしなさい、ランド、何故ニコラさんにそんな意地の悪いことを言うんだ」

バートが弟をいさめても、ランドは馬鹿らしいとばかりに鼻を鳴らしただけだ。

「意地が悪い？　事実を言ったまでだ。こいつは体も弱い。世界中から人が集まるシークレアなんかに行けばすぐに病気をもらって死ぬ」

「ニコラさんすまない、弟は言い方が悪いが君を心配しているようだ」

「……おそれながら、そんなふうには聞こえませんが」

「ランド、それに、我が国は異国のものの立ち入りを制限している。植物との適応能力がなければここで暮らすのは難しいからだ。忘れたのか？」

「問題ない、こいつに適応できる植物を見つける手伝いはする」

「私のことをあなたが勝手に決めないでください」

むっとして言い返したものの、生来の好奇心の強さで、彼らの会話が気になった。

「あの、それで適応……植物とはなんですか？」

遠慮がちにニコラが尋ねると、バートは困り眉で微笑んだ。

「アマネアの民のほとんどは、植物と共生関係を結んでいるんだ」

「植物との共生って……船を直したときの、植物を操る技術のことですか」

ニコラは船を修繕した植物たちの、まるで動物のような動きを思い出してぶるりと震えた。あれは魔術ではなかったのか。

「技術といえばそうかもしれません。植物との共生は、アマネアの民特有の能力です。我々は適応した植物に栄養を与え、動かし、意思の疎通《そつう》をすることができる。といっても植物は、人間のような言語を持っているわけではないのですが」

バートが優しく説明をしてくれる。

「植物と心が通じ合うなんて、素敵な能力ですが、よそものの私に可能でしょうか？」

この二十年、ニコラは植物に囲まれて育ったが、植物と意思疎通できたことなど一度もない。そんなことを母国で言おうものなら幻覚キノコでも食べたかと疑われるだけだ。

「ニコラは船の中の植物を、良い状態で保っていた。素質がある証拠だ」

しかしランドが無駄に自信満々に主張するから、ニコラはむっとした。

「いえ私に素質はないです」

「俺がこいつの適応植物を探す面倒も見る。いいだろう？」

なぜだかランドは偉そうに宣言している。そうやって人を自分のもののように扱うのかと、ニコラはふたたび頭に来た。

「ランド、人の面倒を見るのは、はぐれトカゲを保護するのとはわけが違うんだよ」

ランドの主張の強さに、兄も呆れた様子だった。

「お前は自分でこの国の王だと忘れたのか？　他にやるべきことがあるだろう」

「俺は考えなしには行動しない。兄貴だって知っているだろう？」

それでもランドはきりっと前を向いて、折れる気はないようだった。

兄弟はしばらく睨み合ったものの、とうとう、バートが長い溜息をついた。

「まあ、そんなに気に入ってしまったなら、仕方ないね。ランド、お前にこの方を任せよう」

「えっ」

驚いたのはニコラだ。勝手にこちらの意見を無視して決めないでほしい。

それにいつ、ランドがニコラを気に入ったそぶりがあったのか、さっぱりわからない。

けれど彼の頭上で二人の王はニコラそっちのけで会話を続けている。

「ありがとうございます兄様」

「そのかわり、公務はこなせよ。次の議会もさぼるな」

「ええ……まあ、わかりました」

しぶしぶ、といったふうに頭を下げるランドは子供みたいだが、公務をさぼらないという当然のことと、こちらの運命を天秤にかけるなんてあんまりだ。

ニコラは唖然として、ぽかりと口をひらいた。私に人権はないのだろうか。

どうやらここにもニコラの味方はいなかったようだ。


バートの指示で、すぐにニコラの部屋が用意された。

風通しと見晴らしのいい場所にある、木と葉で囲まれた、心地のいい部屋だ。

家具はすべて木製で、ところどころ布の仕切りがあり、最低限のプライバシーは守られている。

部屋に運ばれた食事は温かかった。ふかふかのパンとハーブのきいた魚のグリルにハーブのサラダ。果実酒もついている。故郷でも断食明けにしか食べられそうにない料理だ。

気が向けば大広間で皆と食事をとっても良いとも言われた。ニコラの植物たちも、城の果樹園のそばに植えられて、いつでも面倒を見に行けるように取り図られている。

監禁生活を覚悟していたニコラには肩透かしなほどの待遇に、シークレア行きをあっさり取り下げられた失望も薄れてきた。

夜になると満天の星空のもと、家々にともる明かりに森はほのほのと照らされ、微かに、眠気を誘う、ゆるやかな音楽が流れている。美しい国だとニコラは思う。

この国の豊かさと平穏を前にすると、ランドの暴言も、本当は少し、理解できる気がする。

西の大国、ボルタニアが、初めて世界一周を果たしたのはつい数十年ほど前。彼らは輸出入による利益に目をつけ、交易国を拡大するために選んだ方策は強攻だった。昨年も、グレイの祖国の近隣に、二十隻の大艦隊で攻めいり、武力による制圧を行ったそうだ。その後たどり着いた島でも交渉決裂して大砲を打ち込んだとも聞いている。

アマネアも他国と交易をおこなっているようだから、ボルタニアの侵略は耳にしているだろう。ドナウルーダはボルタニア国と近接しており、同じような服装と背格好だ。遠い南の国からは、二国は仲間のように見えるかもしれない。アマネアを守るために、ランドはあそこまで敵意をむきだしにしたのかもしれない。

海洋ルートが確立して以来、世の中は急激に変化している。ボルタニアは貿易で利益をあげ、世界中に勢力を扶植《ふしょく》している。ニコラの故郷、ドナウルーダもまた、ボルタニアを含め大国に囲まれ、交易により国力を増すことは今や最重要事項だ。ウィリアム王は取引国と平等な条約を結んでいるが、新たな国王は、小さな島国の信頼を根気強く得て、友好関係を築く暇はないと判断するかもしれない。

グレイがこのタイミングで引退を決意したのも、ロベール号に大砲を載せて、祖国に向かうのだけは避けたかったからだろう。

　ニコラが幼いころはまだ、故郷はようやく数千キロ先の島国と交流を持ち、珍しい工芸品や香料を載せた船が戻るたび人々はお祭りさわぎをしたものだったのに。

　国同士が近くなるのは、良いことばかりではない。弱いものは取り込まれて消える。だから小国のアマネアは、その所在を隠すことで侵略を免れてきたのだろう。賢い選択だが、国を閉ざせばそれだけ他国から技術的な遅れをとるデメリットもある。

　ニコラが残るだけで船を解放してくれたアマネアは、寛大すぎるほどだ。もしかしたらアマネアへ到達した船はほとんど存在せず、平和ぼけしつつあるなか、ランドだけが常識人だったのかもしれないと思うほどに。せめて、この判断がアマネアの平和を壊すことはないと確信できるまでは、見守るのもニコラの責務なのかもしれない。

　そんなことを考えながらニコラは寝返りを打った。ここは美しいが静かすぎる。

　今夜はランドは用事があるそうで、そばにいない。

　ランドの強引さが苦手なニコラには願ってもないことのはずなのに、そばにあの大きな男がいないと思うと、なかなか眠りにつけなかった。

「トカゲとアマネアの民は長年助け合ってきた。充分な餌を与えられてトカゲは巨大化し、賢くなった。トカゲをうまく操る方法はただひとつ。可愛がって気に入られることだ」

翌日、ニコラは体調を見てもらうために癒やし手の館へと連れ出された。

「あの、それよりご公務はよろしいのですか？」

颯爽《さっそう》とトカゲを走らせつつトカゲ自慢をするランドの、その後ろにつくトカゲの背に、今日も荷物のように縛られつつも、ニコラは声を上げた。昨夜はランドがそばにいないことを心細く思ったが、死んだ魚を運ぶのと変わらないこの扱いに、ニコラはそうだったこの男は雑だったのだと思いだして後悔しているところだ。

「俺はお前を島に留める許可をもらった。つまり、お前の世話をするのも俺の責任だ」

しかし遠回しの拒絶はランドに通じない。

「それはそうかもしれませんが、直接の世話は臣下に任せるものでは？」

「判断した者が直接手を下すのがこの国の法だ。刑罰、土地の没収、なんでもだ。追放する時も自ら罪人の旅立ちに必要なものを整え、死刑なら自らの刃で首を落とす」

「それは随分大変そうですね」

「アマネアは小さい国だ。刑の執行を他人に任せるほどでもない。それにほとんどの騒動は身内や近所の揉め事だ。そういった手合は各々の村の参事会が処理する」

「平和な国で羨ましいです」

ニコラは妙に寂しくなった。身内に命を狙われ故郷を追われたニコラは、この国の平和に引け目を感じる。ドナウルーダの平和のために、もっと他国のことを学んでいれば、できることがあったのではないかと。

「大丈夫だ、お前はこれからはこの国の住民だ。ここはお前の国よりずっといい国だ」

「……そうかもしれませんが、戻れずとも私の愛は故国にあります」

うつむいて唇を噛むニコラに、ランドはさすがに言葉に詰まったようだった。しばらく逡巡したあと、話題を戻すことにしたらしい。

「……この二匹のトカゲはつがいだ。俺の乗っているのがメス。後ろを追いかけてくるのがオス。トカゲはつがいになれば一生一緒だ。だからメスを動かせば、オスもついてくる」

「仲がいいんですね」

今の私がトカゲに興味を持つ気分になれると思いますか？　と胡乱《うろん》な目になりながら、ニコラは彼に相槌を打った。

「だが、つがいになるまではオスはメスに愛されるために必死の努力をする。贈り物をして機嫌をとったり、優しく体を擦り付けたり、求愛のダンスをしたり、立派な巣も作る」

ランドは一度言葉を切って、ちらりとニコラのほうを見た。

「そうやって、ずっとそばで守って、メスが絆《ほだ》されるのを待つんだ」

「……？　根気強いんですね」

何か、他の意図を含んだ言葉のように聞こえて、ニコラは首をかしげた。

「お前はクロツグミを知っているか」

それなのに、ランドはふたたび話題を飛躍させる。

「？　ええ。私の国ではクロツグミはよく見かけます。黒くて地味な鳥ですよね」

「アマネアにクロツグミはいない。黒い羽は珍しい。とくに青い光沢があるものは、美しいものの例えになる」

「そうなのですか、国が違えば美的感覚もずいぶん違うのですね」

「お前の髪も青く輝く黒髪だな」

「そうですが……」

一体何だというのだろう。ニコラは面食らうばかりだ。

「つまり、俺は独断でお前をここに置いた。だから俺がお前にすることを、お前が後ろめたく思うことはなにもない」

いったい何がつまりなのかさっぱりだが、ランドは早口でそう言ったあとは、すいと前を向いて、もうニコラの疑問には答えるつもりはないようだった。

「……あの、もしかして、それって私を慰めているつもりなのですか？」

「……お前は鈍いな」

「いえ、全然わからないですよ、そんなのでは」

思わず呆れて言うと、ランドは心外だとばかりにぶすっとする。

ニコラは大きくため息をついた。さっぱり会話が噛み合わなくて気疲れする。こんな相手と、しばらく行動をともにしなければいけないなんて。

癒やし手の居住区画だという高い垣根をくぐると、周囲の彩度がぐっと下がった。

そこは薄暗く、静かで、湿っており、人々は黒いローブのフードを目深にかぶっている。

「癒やし手の多くは研究に没頭するために禁欲を貫く。学問と添い遂げる意思を主張してほとんどの者は植物と共生することもなく、自ら顔を隠し他人と距離を置く。素顔を知っているのは仲間や弟子だけだ」

トカゲを降りたランドが声を潜めてニコラに説明する。

住居はなべて同じ造形の堅牢な石造りで、中庭をぐるりと囲むように建てられている。庭と住居の間にはアーチ状の回廊がめぐらされており、回廊を癒やし手たちが背を丸めて歩いている。その光景は、修道院のそれとよく似ていた。

「ここの長であるキーウィットは偏屈だが物知りだ。お前が共生できる植物を教えてくれるかもしれない。後で訪ねてみよう」

「それは……楽しみですね」

ニコラはそう答えたものの、気もそぞろになっていた。

通された部屋の壁には薬品や書物がぎっしりと並んでいる。

それもまた、まるで修道院の母の部屋のようだった。似ている、というよりも、ニコラには、母はこの屋敷を手本に自室を整えていたように思えた。

母が、この国の出身である可能性についてニコラは思った。ニコラの育てたメムレスにそっくりの、アルドラの根の独特な形状は、どんな植物事典にも載っていないものだ。あの根の形がこの島独自に発達したものだとすれば、彼女が島の植物を盗んだと言われても仕方ない気がする。

年老いた癒やし手たちもまた、ニコラの顔に驚いた様子だったが、それについて特に問われることはなく、淡々と問診されて、薬が用意されてゆく。

落ち込みつつも、ニコラは無数の薬草や種子への好奇心が抑えられなかった。

「とても綺麗なヘクセンの実ですね」

ニコラは、乳鉢にある丸い実に目をつけた。

「私の薬草園のものは、こんなふうに均等に丸くなりませんでした。母はそれでも薬効は変わらないと言っていましたが、ふくらまなかった部分には苦味が残る気がして」

「よくヘクセンの実と気付きましたね。丸い実など沢山あるでしょうに」

「育てていますし、植物辞典も編纂《へんさん》していますので」

にこりと返すと、感心したようなため息が周囲で漏れた。

「お若いのに物知りですね。ヘクセンの実の出来具合は群生の規模によるものが大きいですから、大きなヘクセン畑を作らない限りはこう丸くは育たないのです」

「それは難しいですね、私には小さな薬草園が一つあるだけで」

「あれだけの広さがあったら充分だろうが」

仏頂面のランドの横槍に、癒やし手は涼しい顔で返す。

「この方が満足するくらいの薬草園を与えることをお勧めいたしますよ」

「お前らが新しい畑が欲しいだけだろ？　ニコラ、こいつらに薬草園を奪われるなよ」

ランドの憎まれ口にも、癒やし手たちはコロコロ笑って、優しいまなざしを向けている。ランドもまた、バートに対した時よりもおとなしい。ランドは癒やし手の技術を学んだというから、教師と生徒のような関係なのかもしれない。

ランドも言い負かされることがあるのだな、と、思っていると、奥の扉がひらき、目を血走らせた老女が飛び込んできた。

彼女はニコラの顔を見ると、ヒステリックになにごとかを叫んだ。

聞き取れず、ニコラがきょとんとすると、彼女は次々に違う言語で罵声《ばせい》を浴びせはじめた。人殺し、裏切り者と罵《ののし》られているのだと理解したとき、ニコラは背筋が凍る思いがした。ニコラが植物を盗んだと思っているだけにしてはあまりにも彼女は憎しみに満ちていた。

動揺するニコラと対象的に、ランドは落ち着いている。

「キーウィットのばーさん、耄碌《もうろく》したのか？　人違いだ」

「人違いなものか、この顔。忘れもしない」

憎々しげに彼女が叫ぶ。

「ばーさん、ちょうど良かった相談に乗れよ。こいつはニコラ、ドナウルーダ出身の」

「よそもののをこの島にいれたのか、何てことを」

空気を読まないランドの台詞《せりふ》は、キーウィットの怒りに油を注いでしまったようだ。

「ランドさまの言うとおり、人違いだと思いますが、何か」

ニコラが身を乗りだすと、彼女は低く何かを唱えて後ずさった。

「ああ、その顔、忘れるものか、いまさら戻ってきたのかヴァイオレット！　疫病神《やくびょうがみ》！　人殺し！　いまわしい」

嫌悪に満ちた声で突然母の名を呼ばれ、ニコラは頭が真っ白になった。

「私は人殺しではありません。挨拶もせずに疫病神とは無礼ですね。あなたこそどなたですか。まずは名乗るのが礼儀でしょう」

思わず、怒りにかられてニコラは反論した。とっさに後悔したがあとのまつりだ。

そのせいでキーウィットの怒りが頂点に達し、鉈《なた》をふり回しはじめたせいで、ランドとニコラは垣根の外へ追い出された。

「お前があのキーウィットばーさん相手に口答えするとは思わなかった」

帰り道、ニコラはランドに妙に感心されていた。

「いえ、忘れてください、我を忘れてしまっていて」

「お前、怒るとヴァイオレットに似ているな。あの耄碌バーサンに真正面から歯向かうのは彼女だけだった」

しみじみと当然のように母親の名前を出されて、ニコラはぎょっとする。

「あの、ヴァイオレットって、私の母と同じ名前なのですが」

「ああ、どうやら本当に息子のようだな」

あまり驚いた様子もなく、ランドは返す。

「彼女がここにいたのは二十年以上前で、常に布で姿を隠していたから記憶はあてにならんが、お前の目元やその髪に、彼女の面影は感じていた。おまけにこの国の植物を育てる知識を持っているようだから、ヴァイオレットと何らかの関係はあると思っていたが」

どうやら最初から勘づいていたらしい。ランドは一人で納得している。

「そう思っていたのなら、先に教えてくれませんか」

「そうもいかん。ヴァイオレットはアマネアの門外不出の秘術を多く知っていた。お前らの船は何らかの手段で彼女の知識を手に入れてこの島に忍び込んだのかと、最初は疑ったんだが、どうも島民の能力のことを知らない様子だからシロと判断した。とはいえ、芝居《しばい》の可能性はあったからな。敵かもしれないお前にそうそう打ち明けられるか」

「まあ、そうですね……」

　憎まれ口をきかないとしゃべれないのかと、ニコラはため息をついた。しかしこれで、母がこの島の出身だと確信できた。だとすれば、ランドにとって、母は国の財産を盗んだ裏切り者なのだろうか。

「……その、母は、この国ではどういった扱いなのでしょうか？」

　知ることは恐ろしいが、勇気を出してニコラは問いかけた。

「優れた癒やし手だった。俺にとっては、憧れの師匠だ」

　意外な言葉に、ニコラはきょとんとした。

「あこがれ？」

　悪いか？　と睨みながらも、ランドは頷いた。

「ヴァイオレットは型破りな天才だった。俺の父、ナルドス王からの信頼もあつく、多くの弟子に恵まれていて人気があった。俺はその弟子の一人だった」

「なるほど、そうなんですね」

　納得しかけたが、納得いかない問題を思い出してニコラは顔をしかめた。

「しかし……それならば、母がこの島の植物を盗んだのは明らかではないですか」

「いや、持ち出し禁止の植物たちの管理は彼女の仕事だった。彼女が持ち出したのならば盗んだ、というのは違う」

「責任者が窃盗《せっとう》したなら余計に悪いと思いますが。それにさっきのキーウィットさんも母のことを罪人のように言っていました」

ぼそりと言えば、ランドがニコラの顔をじっと見つめてきた。

「なんだ、お前は母親を罪人にしたいというのか？　あのばーさんはヴァイオレットが去ってからこの島で疫病が流行ったことを彼女のせいにしているんだ。自分の力不足を棚に上げてよくもあんな物言いができるものだ」

怒りを抑えこんでいるような表情に、ニコラは何も言えなくなる。そもそもニコラを盗人だと言い出したのはランドじゃないか。それなのに、そんな目で見られたら、自分がひどい薄情者に思えて苦しくなる。

そのとき、誰かがランドを呼ぶ声がした。

ニコラがそちらを見上げると、木からぶらさがる蔓を使って何名かの若者がばらばらと降ってきたから仰天した。しかも彼らは、トカゲから降りたランドに抱きつき、ランドもそれを自然に受け入れている。どうもこれが彼らの挨拶らしい。ニコラの国でも親しい間がらならば軽いハグはするがちょっとこれは情熱的すぎだ。しっかりと相手を抱きとめるランドの腕のたくましさが妙になまなましく感じて、ニコラは目のやり場に困った。

最初、彼らはニコラにはわからない言語でランドに話しかけていたが、ほどなくニコラも聞き取れる言葉に変わった。

「彼はニコラ・ベンジャミン。さる国の王子だが植物学者でもある。彼に異国の植物や植物の貿易について教示いただくためにこの国に招いた」

ランドがなにくわぬ顔でニコラを彼らの前に押し出して、紹介する。完全な嘘ではないが本当でもない、絶妙なラインに、ニコラはひきつった微笑みで軽く会釈《えしゃく》した。

「へえ、異国の民なんて初めて見た」

「海外交易を拡大すんの？　船がたくさん来る？　俺たちも異国に行ける？」

「それはバートに聞いてくれ。俺は知らん。彼の手伝いを頼まれただけだ」

ずいぶん無遠慮な物言いなのに、みな、匂い立つように美しい若者で、面くらう。

「でも大丈夫なの？　また騒ぎにならない？」

「心配しなくても病気は持っていない。半月は隔離《かくり》されていたから確実だ」

ランドは皆を安心させる意図でそう言ったのだろうが、言い方があるだろうと、ニコラは少々むっとした。まるで黒ネズミにでもなったみたいだ。

それでもニコラは笑みを絶やさずドナウルーダ流の挨拶をした。

「初めてお目にかかります。ニコラ・ベンジャミンと申します」

どんな状況であろうとも、王族として、礼儀を欠くわけにはいかない。

「まあ、はじめまして。可愛い方。北の方からいらしたのかしら。私はディルよ」

彼らのリーダー各らしい女性が声をかけてくれる。

とぼけた口調ながら彼女は腰をかがめると、貴族の女性と見まごうほど優雅な所作で礼を返すから、ニコラは感心してしまった。

「彼女たちは、樹木医だ」

ランドが紹介してくれる。

「樹木のメンテナンスを担当しているが、暇なのか、珍しいものに目がない」

「私は珍獣あつかいですか」

ニコラが言い返すと、彼らはころころと笑った。あけすけなのに、不思議と嫌な感じを受けない。

「そうだ、ちょうどいい。俺はニコラに適応植物を探している。彼はアマネアの血が入っている可能性があるんだ。お前らも手伝え」

「私たちに？　キーウィット老に聞いたほうがいいんじゃないですか？」

「残念ながらあの偏屈バーサンはよそものが嫌いだ。さっき追い出されてきた」

「どうせまたランドが彼女を怒らせたんでしょ？　それよりさっきの話」

「ああそうだった、案内してくれ」

そう言って、ランドはおもむろにニコラを小脇に抱えると、蔓を掴んだ。

「舌を噛むなよ」

またこの展開か、と思いつつも、急に上にひっぱられて宙を舞ったニコラは悲鳴を上げずにはいられなかった。

　到着したのは森の中の湿地だった。沼の中央に大きなトカゲがはまっている。ランドたちが乗っているトカゲよりもふたまわりほど大きいそれは、下半身を泥に捕らわれて身動きが取れない様子だ。ランドたちをみとめると、たてがみを逆立てて、シャア、と、空気をこするような威嚇《いかく》音を立てる。ニコラは恐ろしくて、近づくこともできない。

「この子妊娠しているみたいで、気が立っていて」

「それは大変だな、すぐに出してやらないと。ロープを貸せ」

　でもこんなに興奮している獣相手にどうするつもりなのだろう？　ちょっとでも噛みつかれたら簡単に骨を砕かれてしまいそうだ。

　ハラハラと見守っていると、ランドがなんでもないふうに、ひょいと泥の中に入っていったので、ニコラはぎょっとした。

「ランド！」

「よしよし大丈夫だ」

　当人はといえば落ち着いた様子で、興奮しているトカゲに優しい声をかけながらじりじり近づいてゆく。沼は畑として整備されており、水中に倒木を渡してあるらしかった。

　そんなことをニコラが確認しているうちに、ランドは輪にした縄を数度回して投げると、トカゲの頭に縄をかけてしまった。

あまりに早業でニコラもトカゲも何か起こったのかわからないうちに、皆が縄をひっぱり、ランドは後方からトカゲの足元確保を手伝い、たちまちのうちに救出していた。

「ほら、平気だっただろう？」

ランドはトカゲの背中を叩き、それの飼い主らしき男がランドに礼を言っている。

ニコラはぽかんと、ランドを見上げた。

「びっくりした？　ランドって動物の扱いが上手《じょうず》なのよ。見かけによらず優しいし」

あっけにとられているニコラに、ディルが話しかける。

「ちょっと見直したんじゃない？　今まで彼のこと怖いって思ってなかった？」

「おい、ディル、余計なことを言うな」

泥だらけのままのランドが、渋い顔でディルをいさめても、彼女は気にしない。

「いえ、ランドさんにはお世話になっていますし、良くしていただいていますから」

正直言えば雑に扱われて辟易《へきえき》としているが、面倒は見てもらっているので悪口を言うわけにはいかず、ニコラは曖昧《あいまい》に微笑した。

それよりも、ニコラは驚いていた。ランドは戸惑いもせずに自ら泥に分け入り、家畜を引き上げたのだ。そういったことは、村人を集めるか使用人を使うか、兵士が行うとしても随分下の位の者がやることだ。到底王のやることではない。

「そういう建前はいいから、もっと本音で、ランドのことどう思ってる？」

「そう言われましても……」

けれどディルたちの反応を見れば、ランドがこのような仕事を請け負うのは日常茶飯事のようで、本音を言えるわけもなく、ニコラは冷や汗をかいた。一体どんな受け答えが適切なのか。この国の文化にニコラはあまりに疎い。

苦しまぎれに、ニコラはさきほどランドがニコラの髪の色をクロツグミに例えたことを参考にした。この国の人の髪の色は多彩だから、無難な褒め言葉なのかもしれない。

「そうですね、髪が綺麗だと思います。絹みたいに細くて柔らかく、南の国の花みたいに瑞々しく艶やかで、こんな色の髪の人は初めてで、見惚れることもしばしばです」

自信を持ってそう答えたのに、ディルをはじめとした周囲のひとは、目を丸くして黙り込んだあと、くすくす笑った。

「それは随分情熱的ね」

「？　どういうことですか？」

意味がわからず見上げると、ランドが顔を赤くしていたので、ニコラはきょとんとした。

「この派手な髪の色は薬の副作用だ。もともとはバートと似た色味だったのだが」

川辺で雑に泥を流したあと、ランドはニコラにぽつぽつと先程の言い訳を始めた。

「そんなこともあるのですか」

村の中にはいり、二人はトカゲを降りて歩いている。ランドはつねに声をかけられて手土産《みやげ》を持たされていた。人気者なのだな、とニコラは思う。

「普通はない。頑丈さに任せて危険な薬草を使った薬を調合して無茶な人体実験をしたせいだ。だからこれは俺の失敗の歴史みたいなものだ」

ランドを手伝っていくつか荷物を受け取りながら、ニコラはきょろきょろとする。

道の両脇に並ぶ商店に陳列されているもののなかで、圧巻なのは果実や野菜だ。スパイスやハーブも、見たこともないものから、ニコラの故郷では目玉が飛び出るほど高価なものまで無頓着《むとんちゃく》に並べられ、少量のコインや土まみれのままの芋などと交換されている。

その様子を眺めていると、ニコラは価値という意味を考えずにはいられなくなる。国が違うだけで、大事なものはここまで変わってしまうのだ。

「そうなのですか。そうとは知らずに申し訳ないことを」

気もそぞろなままに謝罪をしつつ、ニコラはランドを見上げた。彼もまた、ニコラと違うものが大事だと思っているのだろう。

「俺は、この髪は癒やし手として努力した勲章《くんしょう》だと思っているからいい……まさか人前で褒められるとは思わなかったから、不意を衝かれただけだ」

ランドはむっつりとしている。恥ずかしいとき顔をしかめるのだと、さきほどディルから教わったことをニコラは思い出した。

「ニコラ、髪というのはプライベートな部分だ。人前で褒めるものではない」

「え、でも、さっき、あなたは私の髪を褒めましたよね」

「あれは二人きりのときだったからだ」

どこかいたたまれなそうに、ランドがぼそぼそと言い訳をする。そんなに恥ずかしいことをしてしまったのかと、ニコラもつられて赤面した。

「それより、城には戻らなくていいんですか？」

なんとなく落ち着かない雰囲気をまぎらわせようと、ニコラは話題を変えた。

ランドたちは、先程助けたトカゲの主人から夕食へ招待されて、彼の家に向かっている最中だ。

「特に用事もないし、食事の誘いを断る理由もない。俺は城より、こういう地べたに近い場所のほうが性に合っている。もちろん、お前が城に戻りたいなら送ってゆくが」

「いえ、お手をわずらわせるには及びません。植物園の手入れは済ませておりますし」

もごもごと言い繕ったものの、こういった泥臭い、生活臭漂う場所には慣れておらず落ち着かないニコラに、ランドは軽く笑った。

「気になるというよりも、王族らしく上品にふるまわない俺が理解できんのだろう」

「いえ、そういうわけでは」

図星を突かれてニコラは慌てる。

「先程から、お前は海賊でも見るような目で俺を見ているぞ」

ランドは、言い訳をしようとするニコラを制して続ける。

「別に理解しなくとも構わんが、せっかく王が三人もいるのだ。他の王とは別の視点の、地面に近い場所に目線がある王が一人くらいいてもいいだろう」

ぴんと背を伸ばして、ランドはそう言って、目を細めた。

「高い城の上から全土を見守るのも大事だが、それだけでは、国民一人一人の笑顔は見られない。高みには俺の自慢の兄姉がいる。だから俺は大地に足を据えることにした」

ニコラは目をしばたかせる。

「……意外と、きちんとした理由があるのですね」

「お前はあんがい遠慮がないな」

憎まれ口に、ランドは苦笑した。ニコラは気まずくなって眉を寄せる。

正直に言えば、ランドの所論を聞いて、目からうろこが落ちるようだった。

王というのは、人の上に立つものとして、気高く、特別な存在であるようにふるまわねばならないと思っていた。けれどそれで、本当に、国民のための政治ができるのだろうか。山の上から俯瞰《ふかん》するばかりでは、民衆が今、何に困り、どんな生活をして、何を必要としているのか、どうやって理解するというのか。

粗暴に見えて、ランドには信念がある。一筋通ったそれが彼の背骨をぴんとのばしている。彼はまっすぐに自分が正しいと思う道を切り開いてゆくのだろう。

証拠に、ランドがいると、自然と人が集まってくる。

王であろうと平民だろうと、立場を理由に態度を変えない彼のふるまいも王として、大事な素質だ。

「……すみません、言い過ぎました。あなたの信念は立派だと思う」

それが自然にできるランドが羨ましくて、つい憎まれ口を叩いたものの、ニコラはすぐに反省した。

「お前は真面目すぎるな。いちいち気に病むな。うまいものでも食って笑え」

ランドはニコラの頬を軽く叩いてつねってくる。

やめてくださいと首を引きつつ、ニコラは彼を見た。

水ですすいだだけの髪はべったり肌にはりついているし。服装だって裸同然みたいなものだ。

それなのに夕日に照らされるランドはいかにも人の上に立つもののように見える。

その輝く緑の目のせいだろうか。緑碧玉は信仰のしるしだ。ニコラは故郷で信仰されている神の子を思う。彼もまたぼろを纏《まと》っていてもその神聖さを隠すことはできなかった。

彼は、弟子の足を洗うという、使用人の仕事を自ら行うことで、弟子たちが互いに助けあうようにと、手本を見せたこともあった。

ニコラは、自分も王の一族として、ランドに倣うべきなのではないかと感じた。

「それより私はあなたの髪の手入れがしたいです。濡れた犬みたいですよ」

「かまわん、放っておけば勝手に乾く」

「でもそのままではボサボサになりますよ……綺麗な髪なのにもったいない」

「そういうのはやめろ」

「ですが、今は二人きりですから、いいんじゃないのですか？」

含みをもたせたような口調で見上げると、ランドが顔をしかめる。思い通りの反応に、ニコラは嬉しくなって口角を上げた。


アマネアでは子供たちを、村全体で育てるのだという。

ランドが助けたトカゲの主人に、ランドの髪を洗いたい旨をニコラが告げると、あっというまに子供が集まってきて、あれよあれよという間に河原へと連れてこられた。

「この村には地熱の高い場所から流れる川が通っているから、いつも湯を使えるんだ」

岩を組んで囲っただけの湯場で、ランドは堂々と裸をさらして子供たちを泡立てている。

「こんな見晴らしのいい場所で無防備になって大丈夫なのですか」

ニコラも使用人相手なら裸を晒《さら》すのは慣れているが、こんな不特定多数の人間の前となると落ち着かなかった。ランドはいつも裸みたいなものだから気にならないのだろうがと、八つ当たり気味に睨んで、その日焼けしていないふくらはぎの白さに、なんとなく動揺した。

「気にするな、お前のこと、こいつらも綺麗だと褒めていたじゃないか」

「その話は蒸し返さないでください」

ニコラは、先ほど初めて村の子供たちに会ったときのことを思い出して赤面した。彼らは突然駆け寄ってきて、ニコラを取り囲み、『タッラ！　タッラ！』と大騒ぎをしはじめたのだ。

キーウィットの件もあり、てっきり子供にまでひどい暴言を吐かれているのだと勘違いしたニコラが、さすがにショックを受けて涙目になっていると、そばにいたランドがニヤニヤしながら『タッラとは美人という意味だぞ』と教えてくれたのだ。

「ひとつ賢くなったな。お前はタッラらしい。俺もそう思う」

「本当にやめてください」

顔をしかめつつも、ニコラはサボンで丁寧にランドの髪を洗う。視界にどうしても筋骨隆々とした彼の体が入ってきて、呼吸が苦しいような気持ちになった。

出会ったころから、ニコラはランドの体が、なんとなく露骨な気がして直視できずにいる。もちろん故郷にも兵士など屈強な者はいたが、ランドには彼らにはない猫のような柔軟さがあって、それがますます肉感を引き立てている気がする。その上その皮膚は、美しい彫り物と髪で彩られ、まるで絵画か彫刻のごとく、堂々と見ていいもののようにふるまっているから余計に。

　湯気で色を濃くしている、濡れた皮膚のうえを、水滴が流れ落ちてゆく。そのさまに、ニコラは知らず、ごくりと喉を鳴らした。

　きっとこんなことを思うのは、失礼なことなのだろうけれど。ニコラは思う。ランドの体はなんだかいやらしいのだ。見ていると、腹の底がぐつぐつと煮えるような気になる。国で一番の美女と言われるマーガレット夫人にお会いしたときにだってこんなふうにはならなかったのに。

「お前は案外手際良く髪を洗う」

　小さな声でランドに言われて、ニコラははっと我に返った。

「あなたほどではないですけどね。修道院では奉仕活動として、寝たきりの方々の髪を洗うこともありますので」

　先程まで考えていたことをさとられないようにと、極力涼しげな声で返して、指先に集中する。どんな薔薇《ばら》より鮮やかなその髪は、とろけるようになめらかでもあり、髪だけならば素直に称賛できた。

「プライベートだと言っていたわりに、素直に触れさせてくれますね」

　いまだちらつく彼の肌色から気を逸らそうとニコラはランドを軽くからかった。

彼はちらりとニコラを見て、にやりとする。

「そりゃそうだ。俺はお前を信頼している」

「えっ……」

湯気のなかで、彼の緑の瞳が光る。

「……貧弱そうだから警戒する必要がないという意味なら、考えを改めたほうがいいですよ。これでも幼いころから武術を嗜《たしな》んでいるんですから」

ニコラは内心の動揺を隠して、むっとした顔をした。

「それは怖いな」

ランドは喉の奥でくつくつと笑いながら、ニコラの全身に目を走らせる。

「確かに思ったよりも鍛えているようだな」

とっさにニコラが自分の体を隠すと、今度こそランドは声を上げて、楽しそうに笑った。

「からかわないでください！」

「別にからかってはいない、褒めているだけだろう」

笑いながら言われても、全然説得力がない。ニコラが真っ赤になりながらうつむくと、子供たちのキラキラした目とばっちりかち合った。

「タッラ！」

「タッラじゃないです。どうせなら、格好いいと言ってください」

「そういうのは、ティティというんだ」

「どういう意味なんですか？」

「可愛い、という意味だ」

「ティティ！」

余計に悪いです！　と抗議するニコラをおいて、ティティ！　と盛り上がる子供たちに、ニコラは先程から感じていた、ランドへの恥ずかしいような胸が苦しくなるような気持ちについて考えることを忘れてしまった。


水分をぬぐって香油をぬり、櫛《くし》でとかす。ランドは次々に子供たちを洗いながらもできるだけ頭を動かさずに座っている。時々逃げ出そうとしたり、ニコラに洗ってもらいたそうにする子供も、容赦なくつまみ上げて洗うさまは毛刈りをする羊飼いのようでもある。

次第に乾いて艶をとりもどすランドの髪に、ニコラはうっとりとため息をついた。神のまします緋色《ひいろ》の天、というのは、こんな色なのではないかとすら思う。

「私は幼いころ、母の髪の手入れを任されていました。彼女は綺麗好きでしたから、病に臥しても毎日身綺麗にしておきたがった……私が十のころには、いけなくなりましたが」

「そうか」

ランドは静かに頷いた。

「お前は最後まで、彼女のそばにいてくれたのだな」

「それはもちろん……息子ですので」

そう笑い返して、ニコラは彼の髪に触れる。心細くなるほど柔らかいそれは、母の髪を思い出させるものだった。


しとしとと霧のような雨の降る、まだ肌寒い春のころ、ニコラの母は亡くなった。

最後には骨と皮だけのようになり、なきがらは、枯れ木のように軽かった。

修道院の塀の向こうでは、母を火炙《ひあぶ》りにしろと訴える声が響いていた。しかし、修道院の中にいた人々は誰もそうはしなかった。できなかったのだ。

母が息を引き取ってから数時間もたたないうちに、そのなきがらを、見たこともない、鋭い棘《とげ》のある枝が覆い、白い花が咲いた。その木には毒があるのか、触れるだけで手がただれて、誰も彼女に触れることができなかった。

司教は恐れ、王は悲しんだ。ニコラは呆然としていた。母を失った悲しみを、不安が凌駕《りょうが》していた。彼女は本当に魔女だったのだろうか。自分にも、その血が流れているのだろうか。あんなふうにいつか毒の花が咲くのだろうか。

葬式とは思えぬほど騒然とした部屋で、ただニコラの腹違いの兄、ロージャだけがしっかりとニコラの手を握り、寄り添ってくれていた。まるでニコラを守るかのように。

「ニコラ、大丈夫か？」

肩を揺らされて、ニコラははっとして目を覚ました。

「うなされていたようだが」

ろうそくの火がひとつだけ灯された部屋は、村人の屋敷のものだった。夕食のあとも宴《うたげ》は続き、深夜近くに通された寝室で、すとんと眠りに落ちたことまでは覚えている。

「すみません、夢を視ていて」

「怖い夢か？」

ランドの目が夜の森のようにニコラをみつめていた。ああ、ランドだ、とわかると、ニコラはほっとして、肩の力を抜いた。

「いいえ、母の夢です」

乱れた夜着を整えながら、ニコラは起き上がった。

「今日のことで、色々思い出してしまって」

「そうか」

ランドは言葉少なに、ニコラの汗ばんで頬にはりつく髪を、もたもたと指先でとりはらおうとしている。その不器用な仕草に、ニコラはふと温かいものを覚えた。

「故郷での母のこと、教えてもらえませんか？」

寝台に腰掛けたままながら居住まいを正し、ニコラは彼に尋ねた。

「……彼女が去ったのは俺が七つのころだ。おぼろな記憶しかない」

「何でもいいんです。かわりに私はあなたの知らない母のことを話して聞かせましょう。あなたも母が師匠だったのなら、知りたいでしょう？」

乗り気でない様子のランドに、重ねて訴えると、彼は、ぐっと言葉に詰まって考え込んだあと、しぶしぶと言葉を紡いだ。

「王族は五歳になると他の職を学ぶしきたりがある。俺が癒やし手になりたいと言ったら皆は反対した。俺は昔から図体ばかりがでかいだけの不器用な乱暴もので、全く不向きだったからな。だが、ヴァイオレットは、自分がすべての責任を持つと宣言して、俺を弟子にしてくれた。ヴァイオレットは国で一番優れた癒やし手だったから、俺が弟子ではさすがに力不足だろうと不安になったが、彼女は俺ほど体が頑丈ならば看病にも向いているし、いい薬をつくれると、励ましてくれた。子供のうちは、なりたいものには何でも挑戦すべきだと、忙しい合間を縫って、俺に多くのことを学ばせてくれた。すごい人だった」

当時を思い出しているのか、ランドは遠い目をして、その口調は穏やかだった。

見たこともないランドの表情に、ニコラは不思議と気持ちが落ち着いてきた。ランドは意地悪で乱暴ものだが、自分と同じように、母を尊敬し、母の死を悼《いた》んでくれているとわかると、親しみすら湧いてくる。

「……まあ、結局は、皆の言う通り、いつまでたっても俺は不器用で、簡単な治癒程度しかできなかったが、彼女はつねに俺の味方でいてくれた。俺は彼女のその情熱と信念を尊敬している」

「私の故郷では、母は尊敬されると同時に恐れられていました。母の薬学知識は海のように広く深く、私には優しくも厳しく、父ウィリアム王への愛情は深く強かった」

ニコラはランドを慰めるような優しい口調で、母を讃えた。

「その男らしき者は覚えているぞ。沖を漂流していたのを漁師が助けた。男は衰弱《すいじゃく》している上、重い病を患《わずら》っていた。ヴァイオレットは彼の治療を請け負った」

「……グレイが言っていました。父は昔、難病に冒されて遠い国の医者に見てもらうために船に乗ってそのまま一年行方不明だったそうです」

「ではそいつがお前の親父だったわけか。男は礼儀正しかったが、名前も出自も語らなかった。身分の高そうな身なりだったし、彼が王だというのなら、人質にされる危険性を鑑《かんが》みて口を閉ざすのも、さもありなんだ」

「それで？　どうしたんですか？」

ニコラは身を乗り出して尋ねる。ランドは軽く頷いて続けた。

「ヴァイオレットは昼夜とわず男の治療に身を砕いた。男は彼女の献身に心を動かされたようだ。二人が想いを通じ合わせるのにはそう時間もかからなかった。だが、男は強硬に故郷に帰りたがった。当時の俺は、なんてわがままなのだろうと思ったよ」

ランドはウィリアム王のことをあまり良く思っていない様子だった。

彼にとってはヴァイレットを攫った相手なのだから仕方がないが残念だ。いつかランドに、父は母にふさわしい、素晴らしい人格者であったことを教えたいとニコラは思った。

「健康を取り戻すと、男は故郷まで船を出せば報酬を弾むとあちこちに声をかけはじめた。だが皆断った。アマネアの民は長期間島を離れると植物との共生能力を失い、体が弱ってしまうから、無理なんだ」

ニコラははっとして、母の、弱って老いた姿を思い出した。

「……母がどうして、あんな弱った体で海を超えてきたのか不思議でしたが、あれは父の願いをかなえるためだったのですね」

「そうだろうな。だが彼女も覚悟の上だったはずだ」

枯れ枝のような指を思い出す。母は厳しかったけれど献身的だった。父のために命を投げ出すなど、いかにも彼女らしい決断だと、ニコラは胸が痛んだ。そんな途方もない愛情を一人の男に注ぐのは、いったいどんな気持ちなのだろう。

「迷い男の味方はヴァイオレットだけだった。だが癒やし手は秘術を学んでいるから島からは出ることを禁じられていた。癒やし手の逃亡に加担した国があれば交易を打ち切るほど厳しく取り締まられていたから、誰にも協力を仰げなかった。それでもヴァイオレットは男のために、秘密裏にメムレスの木で小さな船をつくりあげた。そして商人を説得して小舟を商船に隠してもらい、交易所の島まで密航した。そこから二人きりで船出して、あとは二十年以上、行方知れずというわけだ。ヴァイオレットのことだから、無事渡っただろうとは思っていたが、子供までいたとは」

しみじみ眺めてくるランドに、ニコラは罪悪感を覚えた。ニコラは彼にとって、尊敬する師の子供ではあるが、彼女を奪った憎い男の子供でもある。けれど子供がいるのならそれなりに幸福だと思っているのかもしれない。

残念ながら、母のその愛ゆえの決断は彼女を幸福にはしなかった……その事実を、懺悔《ざんげ》するようにニコラは続けた。

「ドナウルーダに父が帰還したとき、病は完治していたと聞いています。同行していた母は異国の薬師だと皆に紹介されたそうです。彼女は持参した薬をドナウルーダの民にも惜しみなく与えて疫病を根絶させ、多くの民を救ったそうです。それなのに母は感謝されるどころか恐れられた。あの女は魔女だと、陰口を叩かれるようになった。母の薬はあまりに効果的だったこともありますが、アマネアの方々のような力が使えるわけではなく、あくまでただの薬でした。本当の原因は、お妃様が裏で動いていたことで」

「何故そんなことをする」

「いたしかたないと思います。死んだと思っていた夫が、見知らぬ女性をともなって戻ってきて、おまけにその女性は、自分よりも国民の人気者になってしまった……それに」

「それに？」

「母のお腹には、すでに私がいたのです。父は、母に夢中でした。妃様のお心うちを思えば、いたましいと、私ですら思います」

　ニコラは胸に重い痛みを感じた。彼女とはほとんど会ったことがないが、狂気じみた憎悪を向けられていたことは肌で感じていた。理不尽な所業には困惑するが、愛しい人を奪われれば、狂いもするだろう。

　それもまた愛情のせいなのだ。愛情というのは、物語のなかでは何よりも尊く美しいものだと描かれるのに、実際は、こんなにも人を狂わせ、寿命を縮め、不幸にしてしまう。

「父は国民の反発をしずめるため母を修道院に匿《かくま》いました。母は疑われ、恐れられ、愛する父に会うこともままならない。それでも不満も言わず耐えていました。私がいたから」

　一度言葉を切ってから、ニコラは次の台詞を、詰まり詰まりしながら付け加えた。

「母が亡くなった時、その体に毒のある花が咲いて、誰も触れられなかった。母は父や私に尽くしてくれたけれど、本当は憎んでいたんじゃないかと思うことがあります。少なくとも、私がいなければ、母にはもっと自由な選択があったはず」

「考えすぎだ。アマネア人は死んだらその肉体は共生した植物の養分になる。ヴァイオレットは癒やし手だったが適応植物を持っていたからな。お前の国では、ヴァイオレットに共生した植物は枯れていただろうが、種は彼女の体に残っていて、生き残りをかけて芽を出したのだろう。まあ、どちらにしろ、育たなかっただろうが」

「ええ、それどころか母の墓の周囲には草すら生えずに……だから皆はおそれて近づくことすらなくて……きっと母の墓は今頃荒れてしまっているでしょう」

俯くニコラの肩を、ランドがそっと撫でてくる。

「あの船に生えていた木の名の由来を、お前は知っているか？」

「メムレスのことですか？　いいえ。ただ私が初めて、一人だけで育てた木です」

「メムレスはお前の母のファミリーネームだ。ヴァイオレット・メムレス」

「……知りませんでした」

ニコラは息を呑んだ。母はほとんど自分のことを語らない人だったから。

「あの木はアルドラを品種改良し小型化したものだ。最初、ヴァイオレットは近隣諸島の護岸用に使うつもりだったが、長期の船旅に耐えうるものだと気づいてから、自分の名をつけたのだ……きっと昔から、この島を出てみたいと思っていたのだろう」

だから、と、ランドはぶっきらぼうに続ける。

「ヴァイオレットはあの木が一番気に入っていたが彼女以外は根付かせられなかった。彼女は島を出るときに船にメムレスを載せていったから、この島にはもう一本も残っていない。だから俺はお前の乗っていた船で再会して驚いた。本当はメムレスを島に残しておきたかったが、彼女の面影のあるお前に反論されて、気づいた。きっと彼女は望まないだろうと。お前のおかげで、お前の母のたましいは、薄暗い墓の中ではなく、今も船の上で風を切って進んでいることだろう」

淡々と語る彼の横顔を眺めて、ニコラは彼の、母への想いの強さを感じた。たとえ母の末路が幸福ではなかろうとも、彼女の選択を、決して否定しない強さだ。

信頼、という言葉を、さきほどランドは軽い調子でニコラに使ったが、本心からの信頼というのはこういうことなんだろうとニコラは思う。

自分も母のように、彼に信頼してもらえる日が来るのだろうか。こんなにも強く信じてもらえたらきっと誇らしいだろう。けれど、それは途方もなく遠いような気もする。悔しいけれど、ニコラは母のように強い愛情は持っていないし、彼に尊敬してもらえるほどの才能もない。

落ち込みそうになったニコラは耳たぶの飾りに触れて、自分を励まして笑顔を作った。

「あなたは母が好きだったのですね」

「そういうのじゃない。敬意だ」

ランドは顔をしかめた。

「だったら私のことも見逃してくれたらよかったのに」

「お前はだめだ」

にべもなく言われて、むっと言い返そうとするニコラを遮り、ランドが言葉を重ねる。

「お前はひどく寂しそうだった。だから行かせなかった」

「……決めつけないでください」

心臓がひとつ、音を立てて跳ねるのを感じてニコラははっとした。まるで心のなかの、自分でも知らない部分を、ふいに握られたような気分だった。

「怒っているか？」

ふいに尋ねられて、ニコラは無意識にかぶりをふっていた。

「いいえ。最初は恨んでましたが、もういいです。私の国の、メムレスのある船を解放してくれたので、それで充分です」

「すまなかったな」

「それも今更ですよ」

軽く睨んでみたものの、ほんとうに、怒りはなかった。寂しそうなどと言われて、怒るべきなのに。見透かすような物言いだって腹を立てるべきなのに。あんな軽い謝罪で許すべきでもないのに。

誰も本当のことを言ってくれなかった。自分自身、孤独を認めるのが怖かった。自分のそばには誰もいない、と。気づいたところで、何も変えられないと思っていたから。

けれどランドはそれを、真正面から突きつけてくる。その上で、素質がある、面倒を見るから大丈夫だと、根拠もなく言ってくる。

押し付けがましくも、率直なその物言いに、ニコラは、不思議と、迷っているところを見つけてもらったような気持ちになった。

「もう寝ますね」

「拗《す》ねたのか？」

ニコラは返事をせず、ランドに背を向けて目を閉じた。

それでも、きっと今夜も、ニコラが眠るまで、ランドはそばにいてくれるのだろう。


東の空が明るくなると、城のそばにある薬草園に足を向けるのがニコラの日課になった。

まずは故郷の方角に向かって床に膝をつき、こうべを垂れて神に祈りを捧げる。

ドナウルーダの平和と発展と、父の消息……を知る手立てはないが、一縷《いちる》ののぞみをかけて……健康を。そして腹違いの兄のことや、天国の母のことも。

それから、立ち上がると薬草たちに水やりをして、雑草を抜き、必要があれば肥料をやり、虫がついていないか、葉の色がおかしくないか、ひとつひとつ見て回る。

全て終わると手頃な大きさの枝を剣に見立て、立木を相手に打ち込みをした。

膂力《りょりょく》はないが、太刀筋《たちすじ》は悪くないはずだ。柔軟性とコントロール能力、そして集中力には自信がある。動体視力もなかなかのもので、素早い刺突《しとつ》をメインにした短期戦ならば、故郷でも、それなりの成績をあげられていた。

アマネアに来てからは体調が良いせいか、攻撃に重みが出てきた気がする。

だから夢中になっていて、声がかけられるまでそばに人がいるのに気づかなかった。

「筋がいいな」

ふりむくと、ランドがすぐそばでニコラを見ていた。

「急に声をかけないでください。おはようございます」

照れ隠しに顔をしかめつつ挨拶をすると、ランドは無造作にニコラの枝を引き取ってその手を拭い、そこに採りたてのベリーをこんもりと盛る。

「よく眠れたみたいだな、顔色がいい。剣は昔から学んでいたのか？」

左手を背中に回し軽く膝を曲げ、枝を水平に、すらりと構えてみせる。完璧なユニコーンのフォームに、ニコラは感心する。これは力に自信があるものの構えだ。

「ええ、故郷では嗜みです。あなたこそ、この平和な島で剣など持つ必要がありますか」

甘酸っぱいベリーをチビチビと食べながら会話をする。最近はこういった行儀の悪さもランドの影響で、すっかり板についてしまった。

「平和だからだ。武術以外で暴れる機会もない。それこそ、お前は興味なさそうだが」

「武術は科学であり、哲学です。初の指南書を書いた人は数学者だと言われています。攻撃にもっとも効果的な型を身につければ、自分よりも力の強い相手にだって勝てます」

「なるほど、お前は俺に勝てると思っているらしい」

「最近は体調もいいですし、鍛錬《たんれん》して目方《めかた》も増やせば侮れないですよ。それに今だって、弓の腕ならばあなたよりきっと上です」

「ほう、勇ましいな。今度手合わせするか。後悔するなよ」

「それはこちらの台詞です。私は大弓でイノシシを一撃で仕留めることもできるのですよ」

「それはすごいな。イノシシとは突進する岩のごとき恐ろしい生き物だと聞くが」

「眉間に弱点があるので、それを馬に乗ったまま狙うんです。もちろん道具も良かったのですが、私の兄、ロージャがイチイの木できた素晴らしい弓を贈ってくれて……」

兄のことを思い出してニコラはふいに口をつぐんだ。

「兄とは不仲ではなかったのか？」

「ええ、そういうことになっていますが……私には彼と不仲だった記憶はないのです。幼いころはむしろ親切で。武術の稽古《けいこ》ができたのも、彼が、王の一族なのに剣も握れぬように育ててはいけないと父に口添えしてくれたからです、父は病弱な私にとても過保護でしたから、怪我をしてはいけないと許してくれなくて……」

それなのに、ふいに脳裏に浮かんだロージャの相貌《そうぼう》は、こちらを見下ろし、失望したような、疲れたような顔をしている。その頬は泥に汚れて、体は鎧《よろい》で固められていた。今でも忘れることのできない彼の表情。

「そうか、お前は兄からの心遣いが嬉しかったんだな。いい兄貴じゃないか」

ふいに黙ったニコラに、ランドはぽつりと告げた。

「あ、ありがとうございます……」

彼のシンプルな慰めが胸にきた。兄を悪く言われなくて、嬉しかったのに、現実はその兄に殺されかけたのだと思えば悲しくもなる。

うつむいたニコラの頬についたベリーを、ランドが無造作に拭う。

「稽古もいいが、朝食がまだだろう。いい場所を教えてやるから一緒に食べないか？」

ランドはそう言って、手に下げた籠をふってみせた。

「何が入っているんですか？」

「さっきまで泳いでたやつだ」

「魚ですか？　もしかしてあなたの手作りですか？」

「これでも料理は得意だ」

まさか、とニコラは笑う。おかげで、ふいに溢れそうになった涙は引っ込んでくれた。


半刻ほど歩いた場所が、ランドのとっておきの場所だった。

眼前では、一面に腰ほどの高さの草木が、緑の海のように波打っている。

高い柵で区切られているその区画には、数十頭のトカゲが飼育されていた。

「俺の牧場だ。トカゲの育成と騎乗の訓練をしている」

「へえ。だからトカゲの扱いが上手なんですね」

朝焼けの光を受け、なめらかなうろこを輝かせて走るトカゲの群れは美しかった。

最初は、恐ろしいドラゴンにしか見えなかったのに、首をのばし尻尾《しっぽ》をふり、全身で喜びを表すさまや、透き通った目玉、優しく多彩な鳴き声も、その魂の無垢《むく》さを感じさせる。

ランドが口笛をふくと、そのなかの数頭が方向転換しこちらにやってくる。それにつられるように、他のトカゲたちもぞろぞろとニコラたちのそばにやってきた。

「こいつをお前にやろう」

そう言って、ランドはブルーのリボンのかかった個体をニコラの前に差し出してきた。

「これを私に？」

「ああ、若いメスだ。仲間思いの優しいやつだからお前もすぐ仲良くなれそうだ」

ニコラはおそるおそるそのトカゲに手をのばした。それは大きな目玉をくるりと回し、一瞬警戒したように首を引いたが、ランドが宥めるとおとなしくニコラの手のひらに盛ったベリーを舐め取った。

ニコラは、その鼻先に、三日月の白い模様があるのに気づいた。

「この柄はなんですか？」

トカゲの美しい模様からは不自然に浮いたその柄が気になってニコラは尋ねた。

「子供のころの怪我のあとだ。おそらく仲間と喧嘩して蹴られたんだろう」

「傷跡ですか」

ニコラはちょっと顔をしかめた。傷ものを渡されたのかと思ったのだ。

けれどランドは、ニコラがその傷跡に気づくと、得意そうに胸をはった。

「この三日月の跡は目立つからお前にも見分けがつきやすいだろう。美形だがこれのせいで愛嬌が出ていて、俺はひと目で気に入った」

ニコラは目を丸くした。怪我の跡を長所だなんて、考えたことはなかった。

ランドの口調には嫌味もなく、本気でそう思っているのだとわかると、ニコラはなぜだか嬉しくなった。

「ありがとう、ランド、大事にします。きっとこの子のこと、好きになると思います」

いつもの憎まれ口を抑え込み、はにかんで、ニコラは礼を言った。

するとランドが、ふと目元を染めた。緑の目が、わずかに潤んだように見えて、ニコラはその、妙に色っぽく見える彼の表情にどきりとする。

「好きになるのは、トカゲだけか?」

「え?」

けれどそんな雰囲気は一瞬のことだ。すぐに顎を上げて偉そうな感じに戻ってしまう。

「乗り方を教えてやるからしっかり世話しろよ。ブラッシングに餌やりに、躾《しつけ》もな」

「え、それを私がやるんですか？」

「当然だ。これからこいつはお前のものだからな」

そう言って、ランドがトカゲの首筋を撫でる。

「こいつの気持ちのいいところも、全部教えてやる」

気持ちよさそうに目を細めるトカゲに、ニコラは首筋がむずがゆいような気になった。まるで自分がトカゲになって、ランドに撫でてもらっているようで。


脂の乗った魚をふっくら焼きあげ、もっちりとした平たいパンのような生地に、ハーブとピクルス、それからバターのような風味のあるナッツのペーストとともに巻いている。シンプルな料理だが新鮮な食材はそれだけで美味《おい》しい。

牧場が一望できる高い樹上にある見張り小屋は、ランドの隠れ家の一つらしい。

豪華ではないが、木陰を抜ける風が心地よく、昼寝には最適のようだった。

おまけにこの国では、昼間から酒を飲む習慣があるらしく、グラスに注がれたはちみつ酒に、ニコラはすっかり上機嫌だ。昼間の酒はよく回る。

「私のトカゲに名前をつけようと思うのですが」

ニコラはにこにこしながらランドに言う。

「いいと思うが、どんな名を？」

とっくに食事を終えてそばに寝そべるランドが、のんびりニコラを見る。

「リジー。昔、薬草園で飼っていた、ちいさなトカゲの名前です。繋いでいたわけでも籠にいれていたわけでもないのですが、手ずから餌を食べてくれる可愛い子でした」

「リジーか。呼びやすくていい。リジーが居れば、お前は島中のどこにだって行ける。適応できる植物が見つからなくとも、そこそこ快適にやっていけるだろう」

「ありがとうございます」

うむ、と頷いて、ランドが顔をしかめるので、笑ってしまう。

最近ニコラは、ランドのことが少し理解できるようになってきた。ニコラへの暴言は、彼が王で国民を守る責務があるゆえに、未知の国からの来訪者を警戒したためのものだった。ニコラがアマネアに残ると決めてからは、不器用な性格ゆえにぶっきらぼうな口調や乱暴な態度になってしまうだけで、むしろ面倒見がよく親切だと感じることもある。

荷物のように縛られたり担がれたりするのは、慣れない乗り物から落ちないようにするためで、腕を引っ張られるのも、危ない植物に襲われないようにするためだった。しかめっつらは、ただの人見知りだった。

ニコラがランドに対して肩の力を抜いて接することができるようになってからは、おいしい酒や料理を持ってきてくれたり、あれこれとニコラに合う植物を探してくれたりと、普通に親切だ。今日は大事なトカゲを譲ってくれるとまで言ってくれる。

「ふふ、いいのですか、よそものにそんなに贅沢《ぜいたく》をさせて」

ちびちびとカップに口をつけながら、ニコラは微笑む。すっかり着慣れたこの島の服は呼吸が楽だし、ここからは豊かな島の緑も、雲の壁の向こうにある碧《あお》い海もよく見えて、なんだか楽しかった。

「お前をここに引きとめたのは俺だからな。お前が幸せでいるために努力する義務も、俺にはある」

ランドがぶっきらぼうに言う。アルコールのせいでいつもよりもにこにことしているニコラの態度が落ち着かないのか、そわそわとしているようにも見えた。

「義務ですか」

ランドでも戸惑うことがあるのかと、面白く思ってニコラがじっと見つめると、不意にランドの手が伸びてきて、ニコラの耳に触れる。

「綺麗な細工のものだな。石はサファイアか」

「……ええ」

しゃらり、と耳元で金の飾りが鳴る。風でも、ニコラの指でもないものによって。

不意打ちの近さに、息が止まりそうになりながらも、ニコラは声を絞り出す。

「父からの贈り物です。細工は、母の気に入りの職人の作で。サファイアを持つ者には、天国が約束されると言い伝えられています」

「天国など、死んだあとに行く場所だろう、そんなあてのない約束でいいのか？」

「辛いことも、試練だと思えば、耐えられます。それに私は、日々正しく生きて、真面目に努力していれば、いつか満たされるという意味もあると、解釈しています」

「ならばここで満たされればいい」

彼の緑の目が、不思議に熱っぽくニコラを見ている。

は、と、ランドの吐息がニコラの頬にかかり、彼の髪がさらりとニコラの胸元に落ちてくる。焦点がぼやけそうなほど近くに、ランドの唇があった。はなびらのように薄くて、軽くひらいたそこから、真珠のような歯が見える。

今、ランドと二人きりだということを、ニコラは強く意識した。

胸の奥底からせりあがる熱を感じる。指先がむずむずして、ランドに触れたくて、しかたない。いったいどうしたらいいのだろうとニコラは戸惑った。

ふいに、ランドと若者たちとのじゃれあいが脳裏をよぎり、気づけばニコラは、衝動のままに、ランドにしがみついていた。

「……あ、すみません、無作法を」

一瞬あとに正気に戻ったものの、あとのまつりだ。

「なんだ、やぶからぼうだな」

ランドは少し驚いたように体をこわばらせただけで、すぐに壊れ物を包み込むようにニコラを抱き返してくれた。ニコラは自分から飛びついたのに、口から心臓が飛び出そうになった。筋肉に覆われた、やわらかな胸。どうしようもなく、先日湯場で見た、ランドの裸を思い出してしまう。あの生々しく隆起した腕に、自分が囲われていると思うと、気が遠くなりそうだった。

「あ、あの、もう充分です。ありがとうございます」

「なんだ、もう終わりか、いったいどうしたんだ」

ランドがニコラの顔を覗き込む。妙に声が甘い気がして、ニコラはますますどうしていいのかわからなくなった。ぐるぐるしてどぎまぎして、初めての気持ちだ。そうだ、これはきっとあれだ。

溺れるようにニコラは口をあけた。

「あの、私をあなたの友人にしてもらえませんでしょうか！」

「？」

思ったよりも大きな声が出たせいか、ランドが目を丸くしている。

「もちろん今の私は王族とは言えませんし、身分違いかもしれませんが、でも私は、ヴァイオレットの息子ですし……いえ、これは卑怯《ひきょう》な言い方でした。私はただあなたが、私にとって特別なように感じることがあるので、もっと近くにいたいと思うので……」

「……」

ニコラのパニック気味の訴えに、ランドはしばらく反応しなかった。嫌だったのだろうかとニコラがようやく不安になって口を閉じると、彼は急に笑い出した。

「なんですか、変なこと言いましたか？」

「……そうだな、それで友人か。お前はずいぶん初心《うぶ》のようだ。まずは友人からというのは、確かにそれが妥当《だとう》だな」

そう言って、ランドはニコラの肩を包みこむように撫でた。

苦笑じみた表情は気になるが、その優しい仕草に、ニコラは浮足立った。

「ありがとうございます！　まずはってことは次は親友ですか？」

「はは……そうだな。いい友情を築いていこう。誓うよ」

「そうですか」

ニコラは笑った。頼もしい友人と、輝くような朝の草原。まるで一七歳の誕生日が戻ってきたみたいだ。いや、それよりも、素晴らしいかもしれない。父上には申し訳ないけれど。


「今日もだめみたいです」

包み込んだ植物から何の反応もないことを認めると、ニコラはため息をついて手を離す。

「そんなに落ち込むことはない」

がっくり肩を落とすニコラに、ランドが声をかけてくれる。

「けれど今まで百種は試しました。それなのに、全く反応がないなんてことあります？」

ニコラは思わず弱音を吐いた。

今日、ディルが紹介してくれたのは、シンプルな植物だった。茎もつるもなく、ただ根本から一本の細長い筒状の葉が伸びて、その先端に地味な丸い花をつける。その葉は眉をひそめる刺激臭があるが、加熱すると、食欲をそそる香りに変わる。

薬にもなるし、必要最低限の佇まいもいい。ニコラはこれをいたく気に入って、絶対仲良くなってみせると意気込んでいたのだが、相手のほうはそうでもなかったらしい。

「難しいのはわかるが、諦めるのは早い。まだ試していない植物のほうが多い」

そのうち見つかるさ、と軽く肩を叩かれて、ニコラは重い溜息をついた。

ランドとともに、ニコラの適応植物を探してはや一ヶ月。ランドは公務もあるので毎日探しているわけではないが、それでもニコラのためにできるだけ時間を割いてくれている。

ニコラ自身は、適応植物がいなくとも、アマネアの人々は親切だし、リジーもいるし不便もないが、ランドは諦めるつもりはないようだった。

植物の世界を知るのは特別な経験だと、ランドは熱弁する。まるでこの島と一体化したような高揚《こうよう》感は、努力するに十分な価値があるというのだ。

だがそんな説得も、ニコラには、たとえば酒好きの人間の言う、酒が飲めないのは人生損をしているという訴えとそう変わらないものだ。

それでもニコラが、無理だ、と諦めないのは、ランドがいるからだ。

運命の植物が見つかるまでは、ニコラの処遇に責任があるランドはそばにいてくれる。迷惑をかけるのは心苦しいけれど、そんな大義でもなければ、王様のランドと、よそもののニコラが、こんなにも一緒にいられる機会などないだろう。

一緒に過ごす日は、ランドは早朝からニコラを訪ねてくれる。適応する植物を求めて獣道しかない密林を進まされたり、真っ暗な鍾《しょう》乳《にゅう》洞《どう》を降りたり、足を踏み外せばいっかんの終わりのような斜面を登ったり。ときに通りがかりの農民に声をかけられて、収穫の手伝いをしたりしているうちに、一日はあっというまに終わってしまう。夕食のあともランドがともにいてくれる日は、ニコラは眠るのが惜しくて、ランドはなかなか寝ないニコラの目元に手をあてて無理やり寝かしつけようとしてくる。

それに抗って、じゃれあっているうちにいつのまにか眠りに落ちている。夜中にふと目をさましても、ランドがすぐそばにいると安心して再び目を閉じることができた。それでも眠れないときすら、彼の顔をずっと眺めていれば朝なんてすぐだった。

ランドの顔は、その印象的な緑色が隠されることで造作の美しさが際立たった。とくに彼の唇が、ニコラのお気に入りだった。薄くて瑞々しくて、不思議な魅力がある。友達同士だから触れる機会はもうないだろうけれど、あの柔らかさを知った日のことを思い出すたび、ニコラの体の奥はむずむずとして跳ね回りたいような気持ちになった。

そんなランドが素晴らしいと力説するならば、植物と同化した世界を視てみたいとは思っている。今までもニコラは、ランドの世界が知りたくてアマネアの言語を学び、新しい習慣を経験してきたのだ。

けれどどう臨もうとも、素質がなければ、どうにもならない。

ランドの説明によれば、波長の合う植物なら触れるだけで返事があるらしいのに、今のところ全くその気配すら掴めていないのなら、絶望的なのではないだろうか。

「情熱が足りないんじゃないかな！」

しょんぼりするニコラを鼓舞《こぶ》したいのか、ディルが元気良く背中を叩いてくる。

「努力はしているつもりですが」

意味をはかりかねてニコラが首をかしげると、そうじゃなくて、と彼女が言う。

「アマネア人の中にも、植物との感能力の低い人はいるわ。植物は利己的なものだから、共生相手は力が強かったり役に立つ相手がお望みよ。だから、素質がない人は、その植物でなければいけないという、強い意思でお願いしなければいけないわけ」

「なるほど、植物にも、植物なりの都合があるからな」

ランドが納得したように言う。

「まあ、ランドは植物のほうから引く手あまたでそんな苦労は想像つかないんだろうけど」

「ディル、そういう話はやめてくれ」

ランドは顔をしかめてディルを睨んだ。なぜだか触れられたくない様子だった。

そういえば、ランドが共生している植物っていったいなんだろう？　ふと疑問に思っているると、彼の緑の目が、ぎょろりとニコラを見たので、びくりとなる。

「ニコラ、お前ののぞみは何だ？　お前は欲がないようだから難しそうだが……」

言いながら、ふと、思い当たった様子で、ランドの表情が曇る。

「いや、そうだな、お前が一番に望むのは、故郷に戻ることだったか」

「いいえ！　そんなこともないですよ、最近は」

ランドがしょげているように見えて、ニコラは力強く否定した。

「例えば、ほら、力持ちになりたいとか、あなたに剣術で勝ってみたいとか」

「それはどんな植物の能力を以てしても無理だな」

「ひどいな、でも最近はそんなに手を抜いていないでしょう？」

剣の演習に付き合ってくれるときのランドを思い出し、ニコラは胸を高鳴らせた。

最初のころはランドとあまりに腕力の差があって、ニコラは子供相手にするように、容易く一本とられていた。けれど最近は、真剣な目を向けてくれるように思う。ランドの、強いまなざしにまっすぐ射すくめられると、ニコラは永遠にこうしていたいと思うが、やはりすぐに負けてしまうのだ。

「だが屈強なニコラなんて想像がつかない」

「言いましたね、じゃあ今度は弓で勝負です」

「そうだな、それはまだだった」

面白そうに、ランドがニコラの肩を抱く。最近ランドは気安くニコラに触れてくる。友達ならば当然の接触だろう。それでもニコラの頬は熱くほてった。

「望むところです。絶対参った、って言わせますからね」

「お、言うようになったな」

そう言って、ランドが犬にするようにぐしゃぐしゃとニコラの黒髪を撫でる。されるがままになりながら、ニコラは思う。

ランドはニコラのことを、無欲だと言うが、そんなことはない。

ランドのそばに、ずっといたいと思っている。ずっとこうしていたい。心安く接してくれるランドのそばは気持ちがよい。できれば独り占めしたい。とても強欲だ。

けれどそれこそ、どんな植物の能力を以てしても、難しいことだろう。


崖を正面にした草原をトカゲで駆け抜ける。

リジーは今やニコラの体の一部のように、手綱ひとつで思うがままだ。

この島のトカゲは温かく、なめらかなうろこは宝石のようで、クルクルと甘く優しい声で鳴く。リジーが目を細めて、ニコラにしか見せない顔をすると、すっかり骨抜きだ。鼻先の三日月の傷跡も、本当にかわいいと思う。

すっかり仲良くなったリジーの背に乗り、ニコラは矢をつがえた。弓を引き絞り、感覚を研ぎすませると、周囲の音が消える。

指先の延長に鏃《やじり》があり、その向こうに的がある。

頬にあたる風にしゃらりと鳴る耳飾り、揺れる緑、生命力に満ちたリジーの躍動、そのひとつひとつが体に満ちて、次第に自分という感覚が消えてゆく。

呼吸を止め、肘をひく。リジーが地を蹴り、筋肉の緊張が、ふと緩む寸前に、ニコラは弓を放った。

矢は鋭い軌跡《きせき》で空気を切り裂き、ただしく的の中央に吸い込まれてゆく。

だがまだ浮かれてはいけない。あくまで冷静に。作業の繰り返しを心がける。つがえて、射る。的の中央へ。

いつのまにかゴールにたどり着くと、ニコラの周囲でギャラリーが沸き立っていた。ニコラは大きく息をつき、誇らしげに弓を掲げた。

今日は季節の変わり目を祝う日だ。アマネアは気温の変動がほぼないので、周囲の海流が変わる日を季節の区切りに定めているらしい。北からの海流が流れ込みはじめると、漁が最盛期を迎える。ニコラが参加したのは、豊漁祈願の催しのひとつだ。

　魚を模した的に向かい、船の飾りをつけたトカゲを走らせながら弓を射る。命中率が高いほどその季節の漁獲高が上がると言われている。

　ニコラがすべての的に命中させたので、皆は立ち上がって褒め称えた。

「これは完敗だな。俺はあんなに真ん中に命中させることは到底できない」

　いつまでも止まない称賛に、次第に恥ずかしくなってきたニコラのもとに、ランドが歩みより、手をのばす。

　ニコラがこの催しに参加したのはランドの推薦によるものだった。ランドとの弓矢の競争で、木に実る果実のヘタの部分を正確に撃ち抜くニコラの腕を、彼は買ってくれたのだ。ニコラが島民たちに認められるいい機会にもなると彼は言った。

　ニコラは最初、反射的に断った。弓の腕には自信があるのに、何故か絶対に失敗する気がしたのだ。その場に立ち尽くして、指一本動かせず、ただ呆然としてしまう。そんなイメージが妙にリアルに想像できたのだ。

　けれどランドは諦めず、一歩進むチャンスだと熱心に口説《くど》いた。両手を握られて、お前の能力はすごいよ、と、真正面から褒められると、ニコラは彼の期待に応えたくて胸が熱くなって、到底拒絶することができなくなってしまった。

「沢山練習していたものな。当然だな」

ランドが先にあてた矢よりも、ニコラの矢は的の中央に寄っていた。ランドはニコラの不安が消えるまで、根気強くニコラの練習に付き合ってくれていた。その時間を自分の練習にあてれば勝てていたかもしれないのに、ランドは悔しそうな様子もなく、ニコラの成果を、我がことのように喜んでくれている。

「あなたのおかげですよ、ランド。あなたがいてくれたから」

ニコラが嬉しさを抑えきれずに微笑みながら、ランドの手を握ると、そのまま、強く引き寄せられた。

「お前はすごいよ」

息が止まるほど抱き締められて、額に、熱い唇を押し付けられる。かと思えば持ち上げられて、くるくると回された。ニコラはその、熱烈とも言える勢いにあてられて目を白黒させた。

「目がいいんだな。これでお前はこの国の英雄だ」

「……大げさですよ、ランド、恥ずかしいです」

あえぐような声で訴えると、ランドは上機嫌でニコラを抱き直し、ぐっと腰を引き寄せてくる。悪い顔をしていた。ニコラは恥ずかしくて、ランドの髪をぎゅっと引っ張った。

「全くぶれないとは素晴らしい。さすがニコラだ」

髪を手綱のように引っ張られても、全然堪えずにランドははしゃいでいる。

そんな彼に呆れつつも、ニコラは嬉しかった。彼の期待に応えられた。ランドは、ニコラのことをもっと好きになってくれただろうか。もっと仲のいい友達になれるだろうか。親友とか、それとも、それ以上の。期待しすぎるのは、はしたないかもしれないけれど。

「ふふ、笑っているな。真っ赤になって、桃みたいだ」

ランドが眩しそうにニコラを見上げて、目を細める。

「そうやって笑った顔のほうが可愛いぞ。俺の好みだ」

「えっ」

「見事なものですね」

ニコラが、ふいをつかれて固まっているうちに、バートがニコラのもとにやってきた。

「しばらく見ないうちにすっかり元気になられて」

「ええ、ありがたいことです」

ニコラはあわててランドから降りると、うやうやしく、アマネア流のお辞儀をした。

「この島の暮らしにも馴染《なじ》んだようですね」

「ランドさまのおかげです。ただ、適応できる植物はいまだ見つけられなくて……」

「急がなくてもいいんですよ。祭りの参加もありがとう。良いものを見せてもらえました」

にこりとして、バートは続ける。

「皆があなたの弓の腕をもっと観たいと言っています。良ければ漁も手伝ってみませんか？　大がかりな漁では王族が総出で指揮をとりますし、漁師の技は壮観ですよ。もちろんランドも先陣を切って大物を狙いに行くと思いますよ」

「兄上、あれはニコラには危険だ」

ランドがとんでもないとばかりに抗議するので、ニコラはむっとする。

「私でお役に立てるならば、ぜひ」

「もちろん。大物相手には、船上から銛《もり》を打ち込むのに大きな弓を使います。歯車で引き絞ってばねで飛ばすのであまり力は必要なく、視力とコントロールが良い人がふさわしく」

「やります」

ランドにまた制止される前にと、ニコラはかぶせるように声を上げた。

「それは良かった。狩りの前にじゅうぶんに練習できる時間も取りますので参加してください」

「ぜひ。ありがとうございます」

「ニコラ」

渋い顔でランドが呼んだが、ニコラはつんと顔をそむけた。

「私はイノシシだって仕留められるんです。ひ弱ではありません」

「根に持つな。まあ、お前がやりたいのなら止めないが」

そう言いながらも彼は心配そうだった。

「たまには荒っぽいことにも挑戦してみたいのです」

一瞬だけ、また、あの何もできないという嫌な予感がよぎったけれど、ニコラはそれに気づかないふりをした。ランドがいればきっと、今度も大丈夫だ。乗り越えられる。


漁船が海に出る日、崖の先端にすらりとした女性が立った。

若木のように細いがランドよりも長身だ。彼女はストーム・プロテウス。一番目の王。彼女がその長い手で、透明なカーテンをひらくような仕草をしただけで、島の周囲を取り囲む雲の層が幻のようにかき消えた。

ロベール号が出港したときに見た現象は彼女の仕業だったのかと、ニコラは感嘆した。彼女は輝くような金色の髪を腰まで伸ばし、まるで岬に立つ灯台のようだ。

「ストーム様って、神々しいお方ですね」

うっとりして、ランドに言うと、彼はなぜだかむっとした様子だ。

「そうでもない、実は兄弟でいちばん口が軽くてお転婆《てんば》だ。俺よりも始末に負えないいたずら好きで、おまけに怒りっぽいときている」

「へえ……」

人は見かけによらないものだな、としみじみしながら、ニコラは遠ざかる島を見ていた。

波は高く風もあるが、船は不思議なほど揺れない。周囲には数十艘《そう》の小型船が帆を張り隊列を組んでいる。ニコラのいる船は伝達系統をうけもつバートの船の前に位置している。

バートの周囲には海鳥たちが集まってきていた。

「バートはああやって、鳥から魚群の情報を集めるんだ。大きい群れが見つかれば、俺たちやストームに合図を送る。ほら、さっそく見つけたみたいだぞ。北東の方角だ！」

ランドの号令で、船はいっせいに向きを変える。

やがて海面に泡立つような白いものが見えはじめた。

「ここは海流がぶつかりあって、たくさんの餌がいる。つまり魚も多い」

まずは斥候の船が魚群を確認しにゆく。問題がなければ陣を組み、漁師たちは網をひろげる担当と、海底に向かって手をかざし、海藻を操って魚を追い込むものに分かれる。

ニコラは舳先に据えられた、バリスタに似た装置の前に待機している。それにはすでに銛が装填されていて、ニコラはその鏃の先を網の内側に向ける。

「海藻を使って魚を網のなかへと追い込むんだ」

網が引かれてゆくと、肉眼でも魚の影が確認できるようになってきた。

ひらひらした葉のような小さなものから、人間ほどありそうな紡錘形《ぼうすいけい》の魚影まで。

「見てろよニコラ、一番大きいのをとってきてやる！」

子供みたいに目を輝かせて宣言したランドを筆頭に、若く血の気の多そうな漁師たちが銛を手に、網から逃げた獲物に向かい勢いよく海に飛び込んでゆく。

「あれはただ格好つけたいからやっているんだよ。いいところ見せたいんだろうな」

そばにいた漁師の一人が、笑いながらニコラに説明してくれる。

ランドがあっというまに魚に追いついて、自分と変わらないくらいの大きな魚を串刺しにして水面から顔を上げたとき、周囲の賑わしさは最高潮に達した。

「あんな大きな魚に追いつくとは、この国の人の能力はすごいですね」

ニコラは皆と一緒に歓声をあげながら手をたたいた。

「三の王様は特別なんで比較せんでください。それより、ほら、ニコラさんの仕事も始まりそうだ」

包囲を狭める網のなか、彼が指差す先に、巨大な魚影が目視できる。それは追い込まれていることを理解しているのか、弾丸のようにこちらに突進してくる。

「ニコラ、あれを狙えるか？」

「もちろん！」

大声でランドに指示されて、ニコラは照準を合わせる。

繰り返し練習したおかげで、操作に迷いはない。魚の急所は目の後ろだ。刺さればいいと言われたが、ニコラはできるだけ相手を苦しませたくはなかった。

けれど、狙いを定めたとき、何故か手が滑るように銛を打ち込んでしまった。

ぱっと水面に血が広がると、突然、ニコラの脳裏にフラッシュバックが起こる。

悶え苦しむ魚の姿が、狂ったように突進してくる兵士の姿に変わる。目を血走らせ、狂気と恐怖のためにこわばって、まるで死人のようになった表情で……。ニコラは恐怖で動かない腕を無理やり動かして弓を放った。それは狙いをわずかに外し、兵士の腹部を貫いた。地面に倒れた彼から、ニコラは目が離せなかった。どす黒い血は肝臓に刺さったものだ。きっと長く苦しむことになる。

「ニコラ！」

叫ぶように呼ばれて、はっとした瞬間、船に魚が体当たりした。ニコラは船べりでバランスを崩し、海に投げ出された。

落ちる、と思った直後には、ニコラは水中にいた。船は低く、衝撃は少なかったが、逃げ惑う魚にもみくちゃにされる。網の底のほうで、血を撒《ま》き散らしながら暴れる黒い影があった。腹部に太い銛が突き刺さっている。あれには四本の鋭い返しがついているから、暴れるたびに肉がえぐれて痛いだろう。

魚はニコラの倍ほどの大きさがあった。ニコラに気づくと、自分を傷つけた相手だとわかったわけでもないだろうに、最後の力を振り絞るように、まっすぐに向かってくる。

体当たりされたらただでは済まないだろう、そう思っても、網の中では逃げようもなく、ニコラはただ体を縮める。その目の前に、黒い影が立ちふさがった。

どん、と、鈍い衝撃のあと、魚に刺さった銛を掴んでいる男がいた。一匹と一人は激しく揉み合っている。魚の撒き散らす血が、彼の長い、緋色の髪とまざり合う。それは一瞬のことだったのか、もっと長かったのか。男が銛を魚の頭部に貫通させることで、勝負はついて、ニコラたちは船員たちに引き上げられていた。

「ニコラ、大丈夫か？」

後ろを見ると、船べりに手をかけてこちらを見る、ずぶ濡れになったランドがいた。

彼が助けてくれたのだと遅《おく》れ馳《ば》せながら気がついて、ニコラは真っ青になった。

「はい……すみません。お怪我はありませんか」

ランドはびしょぬれで座り込んだまま、ニコラの肩をたたいた。

「無事で良かった」

それだけ言うと深く息を吐き、ランドはニコラの失態を責めなかった。

以降、ニコラは銛の配置につくことなく、網をあげる手伝いをして漁は終わった。

トラブルはあったものの充分な漁獲量で、どの船も沈みそうなくらいに魚を載せている。

ニコラが失敗してランドがとどめを刺した魚はこの漁一番の大きさで、船のもっとも目立つ場所に吊り下げられて祭り上げられていた。

「最初の漁で上出来だ。魚のほうも命がけで向かってくるからな、チビらなかっただけ偉いさ。まだ漁は何度もあるから、また参加してくれよ」

皆はニコラに、失敗のことは気にするな、と優しく言ってくれる。

けれどニコラはすっかり落ち込んでいた。あんな場面で体が動かなくなるなんて。

何よりランドが、ニコラを助けたあと、ずっとむっつりとして、喋らないのが辛い。

また、王族にあるまじき臆病さのせいで、失望されてしまったのだろうか。

『父上、私もいつか、立派な武人となり戦いたいです』

かつて自分の放った台詞を思い出す。

『先日はこの弓で、イノシシを一発で仕留めました。どうか次の遠征には、私もお連れください』

どうして今まで忘れていたのだろう。あれは十七の誕生日だった。見事な服を仕立ててもらいのぼせ上がっていた。王の血を引くものとして、国のために役に立ちたいと思いつめたニコラは、狩猟に使う弓を携《たずさ》えて父に訴えたのだ。

当時、ドナウルーダは北からやってくるハイルート族と交戦中だった。彼らは毎年北の砦《とりで》に押し寄せてきて、ドナウルーダの豊かな土地を奪おうとしていた。

ウィリアム王は彼らを何度も撃退していたが、彼も老いて、北から戻ると疲労の色が濃く、数日は政《まつりごと》からも遠ざかるような状態だった。

ニコラの誕生日のすぐ後、ハイルートの襲撃に合わせて準備が始まった。毎年、武装して北に向かう兵士たちを、ニコラは遠目に見送るばかりで、羨ましく思っていた。

船に別れを告げて、魚を積んだトカゲとともに、ランドとニコラは城へ戻った。

「……怒っています?」

「お前は悪くない」

ランドは相変わらず表情が硬かった。けれど口先だけではなぐさめてくるから、ニコラは余計にいたたまれなくなった。

「悪いです。あのとき急に戦場を思い出して怖くなって足がすくんで……」

「そうか」

いつもと違う薄い反応に不安がつのる。ニコラは見苦しい態度だと自覚しつつも、すがるような言い訳が止まらなくなった。

「行くまでは意気揚々としていたのに、敵と味方が入り乱れ、炎と泥と血にまみれる戦場を前に、私はすくみ上がりました。兵士たちは叫び、頭を叩き潰し、大砲をうけて粉々に飛び散る。火薬と血と内臓の匂い。地面は血を吸って黒く、ところどころに血の池ができるほどで……私は弓をまともに握ることもできなかった」

目を閉じると、思い出す。ニコラの所属していた弓部隊は他より高い場所に位置していたので、そこからは腹違いの兄、ロージャの戦いがよく見えた。彼は前線で馬を駆り、敵を圧倒していた。剣をふるう動きは力強く、皆を鼓舞する声は朗々《ろうろう》として、その剣筋には一切の迷いがなく、剣先は敵の急所に吸い込まれていった。

「兄のロージャが敵軍を食い止めてくれたおかげで、私は無事だったようなものです……ランドは戦場に行ったことがありますか？　兵をひきいて戦ったことは？」

「俺たちはそういうのは好まない」

「そうですよね……でも戦う必要ができたらどうします？」

「そのときは」

深く息をついてランドは言う。

「戦うさ。俺は強いからな。そしてすぐに終わらせる」

「ええ、あなたなら、そうですよね……でも私にはできなかった」

ニコラはうつむいた。こんな平和な島なら戦う機会はないのだろう。

けれどランドは必要があれば容赦なく、敵に立ち向かい、倒すだろう。

失意にまみれた戦場からの帰路、ニコラは、一瞬だけ、ロージャと視線を交わした。会話はなく、ただ、憐れむような、悲しげな兄の一瞥《いちべつ》は、ニコラの心臓に深々と刺さった。

帰還したあとも、落ち込み続けるニコラに、父王は、忘れろ、と言った。修道院の人々も、使用人も、みながニコラに、もう戦場のことは忘れろと言った。この国では、戦えない人物が王の一族に迎えいれられることはない。ニコラが城に住める機会はもう訪れない

のだ。これから一生修道院で暮らすしかなくなったニコラに、皆、どんな慰めの言葉もか

けられなかったのだろう。

ニコラもそれを、充分に理解した。それでも一縷ののぞみのために、絶望に押しつぶさ
れずに生きるために、本当に忘れてしまったのだ。

「せっかく期待してくれたのに、信頼を裏切るようなことをしてすみません」

戦場でのロージャを見たとき、ニコラは自分の、指導者としての素質のなさを悟った。
ランドはロージャと似たところがある。その勇敢さが人民を引きつけている。
彼にも、兄のように失望されるのではと思うと、怖くて顔が上げられなかった。

「私は弱くて愚かで、利己的な人間です。弓を練習したのも、父や兄に、武人として認め
られたいという、よこしまな気持ちからです。兄に嫌われても当然だったのでしょう」

「……そんなことはない、お前は悪くない」

「今回のこともそうでした。私はあなたに認めてもらいたかった。保護してもらえる期間
が終わっても、あなたと友人になれたら、ずっと仲良くしてもらえると思って」

「……」

「……ランド？」

そこでようやく、ニコラは彼が極端に無口なことに気づいた。
よく見れば、息が浅く、顔色も悪い。

「もしかして、怪我をしているのですか？」

ランドは苦虫を噛み潰したような顔をした。


「命には別状はない。そのうち治る」

ニコラが、ランドの部屋の前で立ちすくんでいると、ストームが声をかけてきた。

「医者からは、数日ほど安静にしておけば平気だと聞いている」

「どんな処罰も受けます。ランド様は私をかばって、怪我を」

命に別状がなかろうとも、ランドが無言になるほどの怪我だ。ニコラは王族に怪我を負わせたのだ。当然処罰される覚悟で訴えたのに、ストームは背を軽くかがめて、ニコラの前に人差し指を立てた。

「ニコラ、静かに。謝るのは本人にしてくれ」

ゴージャスな金のまつげに彩られて燃えるグリーンの目が、にこりとほころぶ。その迫力に押されて口をとざすと、彼女はニコラを連れて扉をあけた。

「ニコラ」

すぐにランドの声がした。彼は寝台に寝ていたが、ちょうど不満を訴えていたようで、そばに控えている医者が辟易したとばかりに肩をすくめた。

外からの光があわく差し込む部屋は清潔で、最後に見た父の部屋のような陰鬱《いんうつ》さは見当たらない。本当に大事ないようだ。ニコラはほっと肩から力を抜いた。

「弟は、君をかばって怪我をしたと皆に知られて、君の印象が悪くなることを懸念したから怪我を隠したのだ。いい手段とは思えぬが、弟なりに必死だったのだろう。それなのに、君が動揺していたら、何かあったと疑う者も出る。弟の努力が水の泡だ」

「しかし私は王を傷つけた者です。無罪というわけにはいかないと思います」

「ニコラ、ここでは君の故郷の法は通用しない。王は人を守るもの。そのせいで怪我を負った程度で、守った相手を罰しては本末転倒だ」

ストームの指摘に、ニコラははっとした。そうだ、ここはドナウルーダではないのだ。

「そうですね……申し訳ありません。考えが及びませんでした」

先程だって、自分の罪をどうあがなうかで頭がいっぱいで、すぐそばにいるランドが怪我で苦しんでいることにも気が付かなかった。彼は痛みをこらえながらも、ニコラを守ろうとしてくれていたのに。

「ニコラが謝ることじゃないだろう」

「お前はおとなしく寝ていろ」

抗議するランドをぴしゃりと遮ると、ストームはうつむくニコラの前髪を優しく払った。

「ニコラは悲観的だな。自分がいると他人に迷惑がかかると思い込んで、ありもしない悪意に怯えている。そういう思い込みは君を臆病にさせるばかりか、視野をせばめ、大事な人を困らせる。何もいいことがない」

「……おっしゃるとおりです」

しおしおと同意すると、ストームは、ため息をついて腰に手をあてる。

「自信を持て。完璧な人間などいない。誰でも失敗するものだ。君はランドに大事にされている。彼は偉大な王であり、自慢の弟だ。誇るに十分なことだ」

「いいえ、ランドはただ責任のために……」

「本当にそう思うのか?」

「え、痛!」

眉を寄せてストームはニコラの額を指で弾いた。

「俯くな。びくびく人の機嫌を伺うような態度もやめろ。君も王の血を引いているのなら、虚勢でいいから超然と構えろ。それだけで民衆は安心する。尊大なくらいでちょうどいい」

「はい……」

「顎をもっと引け、背を伸ばせ！　口ははっきり動かす！」

「はい！」

ストームは腰に手をあてて、ニコラを睨んだ後、ころりと態度を変えて微笑んだ。

「まあでもいい機会だ。ランドは君のことすっかり独り占めにしていたから」

「……はい?」

「今日はゆっくり休め。明日はバートが会いたがっているから行ってくれ」

「バートがニコラに何の用事だ」

「お前には関係ない。今度こんな無茶をしたらニコラを取り上げるからな」

弟の抗議を、ストームがぴしゃりと切り捨てる。それだけでランドがおとなしく寝台に戻る姿を、ニコラは新鮮な気持ちで見つめた。彼にも頭の上がらない相手がいるのか。

仲の良さそうな姉弟の姿を、なんだか羨ましいと思った。


翌日、ニコラはバートの執務室に足を向けた。

ストームの言いつけ通り、堂々と胸をはって自信がありそうな雰囲気作りに努めたが、バートはニコラを見るや、そんなに緊張しないでくれ、と、困ったように微笑んだので、うまくはいっていないようだった。

「少々仕事を受けてもらえないだろうか。ランドには内密に」

バートはニコラに、新種の植物の推薦書を何枚か作成してもらいたいらしい。

ニコラはその依頼を快く引き受けた。一人でいると、ランドの怪我のことばかり考えて落ち込みきってしまうから、気がまぎれて願ったり叶ったりだった。

バートはニコラを、書記官の予備部屋だという小部屋に案内した。

「この植物と共生関係を結ぶ者の説明と、癒やし手の研究をまとめた手記を、北の国でよく使う言語に書き換えたものがこれです。残念ながら我々はドナウルーダとの交流はないので、近しい国のもので申し訳ないね。実物はここに」

てきぱきと説明しながら、バートは部屋の真ん中にある大きな机の上に、鉢を置いた。

「狭くて暗い部屋で申し訳ない。公文書で使うような羊皮紙《ようひし》は保存が難しくてね。日焼けと湿気を同時に防げる場所が限られている」

「いえ、故郷の書庫は地下にあったので、もっと暗くて狭かったですよ。今は扱いやすい植物製の紙も流通しているのに、なかなか古い制度というのは変わりませんね」

机の上には試し書き用にと植物製の滑らかな紙と、重厚な羊皮紙、大きな鳥の羽を使ったペンとインクが用意されていた。部屋は静かで風通しが良く、集中できそうだ。

机の前に腰掛けると、ニコラはすぐ資料に目を通しはじめた。文章は公に使うには砕けすぎてはいるが、どれも簡潔で読みやすい。実用的なものだ。

ふと、ニコラは取引国の情報に目をとめ、あっと小さく声を上げた。

「どうかしました？」

「いえ、こちらの取引先の国が偶然、私の亡命先だったもので」

そこにはシークレアと表記があった。

「そう聞いていたので、この仕事をお願いしたんですよ」

バートはそう返したあと、改まった顔でニコラの対面に腰掛けた。

「シークレアなら、すぐ送り届けられる。いつでも相談してください」

ニコラは驚いた。確かに最初に謁見《えっけん》したさいにも、バートはニコラを島から解放しようとしていた。けれどランドの申し出により、立ち消えになったものだと思っていた。

「もちろん、島の種を持ち出さないことや、場所の黙秘などは守ってもらいますが」

「でも、植物の世話が」

「あなたのおかげで、もうすっかりこの島の土に馴染んだようです。心配ありませんよ」

とっさに、島に残るための言い訳を探している自分自身に、ニコラは戸惑った。ニコラを試すような笑みとともに、バートはなおも畳み掛ける。

「今ならまだ、あなたは外の国に出られます。推薦書に見合う報酬ももちろん支払います。シークレアには今、我々と懇意《こんい》なオリアの外交官が滞在していますから、しばらくは彼のもとに身を寄せればいい」

「それは……ありがたいお申し出です」

自由になれることに、魅力を感じないわけではない。けれど、この島に来たばかりのときのような喜びは感じなかった。

いつのまにか、ニコラはこの島を離れたくない、と、思うようになっていた。ニコラは正直にそれをバートに告げた。

「しかし、私はアマネアで暮らしたいです。いまだ適応植物も見つけられず、誰かの手助けがないと生活できない状態で、おこがましい願いかもしれませんが」

「心配しなくとも、追い出すつもりで提案したわけではないのです。あなたには、いつまでもここで暮らして欲しいくらいですので」

バートは宥めるように優しく頷いた。

「ありがとうございます。ただ、もし可能でしたら、グレイ……私を乗せてくれていた船の主人に、私の無事を伝えさせてもらえませんか。彼は無事ならシークレアで隠居しているはずです。彼は私の祖父のような人なのです」

「もちろん。安心させてあげなさい。手紙でも書いてくれれば、責任を持って当人に渡るよう手配しましょう」

「ありがとうございます」

ほっとするニコラに、バートはわずかに首をかしげた。

「それにしても、なぜ残ろうと思ったのですか？　ここに来た当初は、ずいぶんシークレア行きを望んでいたようでしたのに」

「もちろん、アマネアが素晴らしい国だからです。珍しい植物もたくさんあって、みなさま明るく親切で、そして文化的です。恥ずかしながら、私は今まで多くの偏見にまみれていたことに気づきました。おまけに気候も良くて、私の体調もすっかり良くなって……」

「光栄だが、本当に、それだけですか？」

「……？」

ニコラは意図をはかりかねてバートを見た。それだけ、というには理由として充分なことを言ったつもりだが、まだ足りないと言うのだろうか。

「申し訳ありません、祖国からの追手の隠《かく》れ蓑《みの》に、と思っている下心もあります。シークレアにいるよりも身元が暴かれる危険性が低いですから」

「謝ることではありません、身の安全は最も大事なことですから」

「私の母の故郷ですし」

「ヴァイオレットは優れた癒やし手でした。彼女の血縁のあなたにこの国を気に入ってもらえたのは喜ばしい」

この答えも、遠回しに違うと言われているようで、ニコラは悩んだ。バートはニコラに何を言わせたいのだろうか。

最初はランドに一方的に盗人呼ばわりされて印象は最悪だったけれど、ランドに連れられてこの小さな島国をめぐるうちに、その美しさと豊かさ、国民の屈託《くったく》の無さと平和が、ランドたち王族が他国から国を守るために体をはり、国民の目線で政治をしている結果だと理解するようになった。彼がいるこの国を、ニコラはすっかり好きになった。今やニコラの中にランドたちの治めるこの国の血が流れていることを、誇りに思うほどだ。

そういった気持ちを伝えたつもりだったのだが、いったい何が足りないのだろう。

バートはしばし、作り物のように完璧な笑顔でニコラを見つめていたものの、ニコラが困っていることに気づくと、一歩引いて、小首をかしげた。

「いえ、深刻な話ではありませんよ。ただ、あなたはもっと、自分の幸福を追求したほうがいいように思えてね。例えば、好きな人と暮らしたいなどの希望があれば、ぜひ。城の部屋はたくさんあるし、何なら別荘を建ててもかまいません」

「？　お言葉はありがたいのですが、私はまだそういった心の余裕がなくて」

「いや、急がせてはいませんよ。余計なおせっかいでしたね」

バートは書類のほう、お願いしますね、とだけ残すと、するりと去っていった。

ニコラは複雑な気分で手元を眺めた。バートはニコラに縁談でも持ちかけるつもりなのだろうか。それは困る。ニコラの心はいまやランドでいっぱいだからだ。

「しあわせ」

口に出してみる。自分自身の幸せとは何だろう。ニコラの父は、故郷のしがらみからの解放だと思っていたようだ。バートは伴侶《はんりょ》を持つことだと思っているらしい。

正直、どちらもぴんとこない。今のニコラが幸福を感じるのは、ランドといるときだ。ともに笑って毎日を過ごしたい。それがかなわなくとも、せめて彼の近くにいたい。

その、健気とも言える想いこそ友情だと、経験不足のニコラは信じていた。

ランドがその小部屋に押しかけてきたのは翌日の昼過ぎのことだった。

不機嫌全開でずかずかと入り込んでくると、自分のへその曲がり具合を主張するようにニコラを睨んできた。

「寝ていなくて大丈夫なのですか？」

「俺の許可なくバートの仕事をするな」

驚いて立ち上がったニコラの手を掴んで、ランドはぐいぐいと引っ張ってくる。

「え、ちょっと」

ランドの手は不自然なほど熱かった。体調は万全でないようだが、それでもその力の強さに、ニコラは内心ほっとした。

「そんなに引っ張らないでください。どこに行くのですか？」

「まだ連れていっていない場所がある。今すぐ行くぞ」

「いえ、だから怪我は？」

「もう治った」

「治ってはいないでしょう」

たしなめると、ランドはくるりと振り返って、ニコラを見た。

「ニコラ、俺よりバートの言いつけを優先するのか」

熱のせいか、目元が赤くて、緑の目が潤んでいた。拗ねているようなその態度を、ニコラは不覚にも可愛いと思ってしまった。つい甘やかしたくなる。

「そういう言い方はずるいですよ……どこまで行きたいのですか？　あまり遠くまでは」

「トカゲに乗っていくから問題ない」

「答えになっていませんよ」

しぶってみせながらも、反論できなくなってしまったニコラに、ランドは満足そうに笑った。勝ち誇ったような笑顔も魅力的で、ほんとうにずるいとニコラは思う。そしてニコラは、ランドにさらわれるようにトカゲの背に乗せられて、城を出た。


それは町から離れた場所にある丘だった。見渡す限り灰色で、ごろごろと転がる岩に覆われた地面には苔のひとつも生えておらず、鳥の声もしない。

久しぶりの遠出で、ご機嫌にピヨピヨ歌っていたリジーも黙り込むほど、陰気な場所だ。

そこにこつ然と二本の木がそびえている。

葉は無く、無数の棘に覆われた枝は、天に向かって伸ばされた老婆の手のようだ。

左の木のほうが細く棘もまばらで、右の木のほうは、左側を支えているのか、それとも取り込もうとしているのか、左の枝と複雑に絡み合い、一部はすっかり同化している。

「……これは生きているのですか？」

他者を拒絶するような、禍々《まがまが》しさに満ちた樹木に、ニコラは息を呑んだ。

「これはリンネという木だ、棘に見えるのは葉だ。弱ってはいるが死んではいない。周囲に草が一本もないだろう？」

「ええ」

ニコラはその、棘のある枝を観察して、はっとした。それは母のなきがらを覆った枝に似ていた。

「リンネは強い毒で、周囲の植物を枯らす。幹に触れるだけでも卒倒するから気をつけろ」

「この木が見せたいものなのですか？」

そうだ、とランドは頷いてリンネを見上げた。その横顔が、アルドラを見ているときと同じような情に満ちたものだったので、ニコラはどきりとした。

「これはヴァイオレットと共生していた木だ」

彼女の葬儀のときに咲いた花はこの木のものだったのか。しかし、母はこんな禍々しい木と、なぜ共生したのか。処刑や拷問に使うくらいしか思いつかないのに。

ニコラの疑問には、すぐにランドが答えてくれた。

「癒やし手のほとんどが植物と共生しないのは、薬に混合物ができるのを避けるためだが、リンネは消毒になる。おまけにその実から抽出する成分は、多くの難病に効果がある」

『効果の高い薬が作れる植物は、使い方をあやまれば強い毒になることもある』

ニコラは目をみひらいた。ランドの台詞と、母の言葉が、ふいに重なる。

「ヴァイオレットが去ってから、この木は弱って実をつけなくなった。彼女を嫌うキーウィットに反論できない理由があるなら、リンネの存在だろう。ただあの疫病には、実より弱いが同じ効果のあるリンネの根でも効果がなかったから、やはりどうにもならなかったのだろうが、それでも本当は、彼女がいればと、俺も考えてしまう」

ランドはまるで王に謁見する騎士のように、リンネの根本に跪《ひざまず》いた。

「ヴァイオレットが去った夜に、俺がしたことは、正しかったのか、いまだに悩んでいる」

「その場にいたのですか？」

突然の告白に、ニコラは驚いた。

「まだ七歳だったが忘れたことはない。ヴァイオレットたちの船から皆の意識を逸らすために、俺は溺れたふりをした」

罪をそっと告白するように彼は言葉を紡いでゆく。

アマネアの住人は島を離れると急速に衰弱してしまう。島を離れたヴァイオレットも長くは生きられないということを、ランドは承知していた。

それでも、ランドはヴァイオレットを止めなかった。

「どうして……」

「ヴァイオレットを尊敬していたからだ。愛する人と島のしがらみから離れる自由を望むなら、手助けしたい。それが正しいことだと思った」

ぽつぽつと、ランドは続ける。

「しかし、俺は子供で浅はかだったかもしれない。その数年後、疫病が流行った。恐ろしい感染力と致死率だった。彼女のせいにする世間に反論しようと、俺は癒やしの術に打ち込んだが、あらゆる植物と、王族の強い血や肉を使っても病を消すことはできなかった」

ニコラは、ランドの体が傷だらけの理由を知った。ニコラは彼の、報われなかった献身を、我がことのように感じて胸が痛んだ。

「……ずっとそんな後悔を抱えていたのですか？」

「ああ」

ランドはニコラを見上げる。緑の目は透き通って、ニコラを映し込んでいた。

「けれど、お前が来たとき、俺は……お前が生まれたことに俺が一役買えたのなら、悪くない判断だったのだろうと思えるようになった。お前が故郷で病弱だったのは土が合わないだけだともすぐわかったしな。目論見《もくろみ》通り、お前が元気になってよかった」

ありがとうと微笑まれ、ニコラは戸惑う。

「私がいても、あなたにはちっとも良いことなんかなかったでしょう。倒れた私を看病したり、キーウィットさんに怒鳴られたり、私に合う植物を見つけるのに時間を奪われたり……しまいには、あなたは私を信頼して、そして守ろうとしたせいで、怪我をした」

「だが、お前がいると毎日が楽しい。お前もそうだろう？」

迷わずランドが返してきて、ニコラははっとした。

「お前は暗いところがあるが、良い人間だ。島民のような能力がなくても、日々学びをおこたらず、一人きりで取り残されても恨まず、皆に認められるよう努めている」

「良い人間ではないです。人に好かれるような人間ではないから努力が必要なだけで」

ランドが急にニコラを褒めはじめたので、ニコラは不安になった。悪い話をする前に、人は相手を褒めるものだ。

「たゆまぬ努力ができる者などそういないのだ。役に立たないと駄目だと思うな。何もできなくともいつかきっと認められる」

「……そこまで無能ではないと思うんですが」

「はは、そうだな」

ランドにつられてニコラも微笑む。けれどランドはふと、雰囲気を変えて頭を下げた。

「お前をここに引き止めてしまってすまない」

「どうしたんですか」

いよいよ不安になって、ニコラは彼のそばにしゃがみこんだ。ランドはニコラの両肩をそっと包むと、顔をしっかり見届けようとするように、わずかに首を傾ける。

「姉から、バートがお前をシークレアに向かわせる手はずを整えていると聞いた」

しんみりと告げられて、ニコラはやっと彼の不安定の理由を知った。

「兄は見かけによらずせっかちだからな、俺が潰れているあいだにお前を連れていってしまうかもしれん。そうなる前に、お前にこの木を見せたかった。せっかく母親の故郷にいるのに、母親の木も知らずに去っていくのはもったいないからな」

「あの」

早口で語るランドに、ニコラは口をはさむタイミングを掴めずにいた。

「この木だって、本当は、もっと早くにお前に会わせればよかった。ヴァイオレットの血をひくなら、この木に適応する可能性は高いんだからな。でも俺はそれをしなかった。何故だかわかるか？」

「えっ？　わからないですが……」

「お前ともっと、一緒にいたかったからだ。適応植物が見つかれば、お前に構う理由が見つけにくくなる。それが嫌だった」

節くれだった指がニコラの頬に触れる。

「シークレア行きは、お前には願ってもないことだろうが、俺は引き止めたい……」

よくよく彼を見れば、その深い紅の髪はしっとりとして、目も潤み、やけに色っぽくてニコラはドキドキとした。なんだか思いがけないことを言われている気がしたが、彼の手が熱くて、考えがうまくまとまらない。

「だが、お前はお前の行きたい場所に行け。お前はもう健康だ。適応植物がいない今なら島を離れられる。俺がわがままを言えば優しいお前は迷うだろうが、許してくれ。お前の植物は俺が枯らさないように責任を持とう」

「そんな」

「いいんだ、ニコラ。だから言わせてくれ」

口をはさむタイミングを逃し続けているニコラに、ランドは微笑む。

「お前は俺と、友達になりたいと言った。だが、残念ながら、それは難しい」

「……そうですか」

それは、言わずにおいてほしかったな、と、ニコラは落ち込んだ。

「俺はお前と恋人になりたいと思っているからな」

だから、そう続いたランドの台詞を理解するのに時間がかかった。

「……恋人？」

展開がよくわからなくて、ニコラはぽかんとオウム返しをした。

「ああそうだ。お前を俺のものにしたかった。お前の、その綺麗な体の隅々までに触れて、知りたいと思う。もっと段階を踏んでから伝えるつもりだったのだ。時間はたくさんあると思っていたから……まあ、言いたかったのはそれだけだ。忘れてくれ」

ランドは、言いたいことを言い終えたとばかりに、大きく息を吐くと、目を丸くして固まるニコラに、帰ろうと促す。

「待って、待ってください」

ようやくニコラは我に返り、慌ててランドの裾を引っ張った。

「なんだ」

「私はシークレアには行きません、ここにいます」

「だから俺に気をつかわなくとも」

「あなたに気をつかっているわけじゃありません、私は、私の意思で」

ふいに、ニコラはバートやストームが、言いたかったことを、すとんと理解した。

そうだ、大事なのは自分の意思だ。この場所で、この環境で、このひとのそばで、幸福になろうと決意する意思だ。

ランドはなんと言った？　自分のものにしたい、相手の体の隅々まで触れてみたい、独り占めにしたい。二人きりでいたい……驚くほど、ニコラと同じだ。

ニコラの胸に、熱いものがこみ上げてきた。なんということだろう、自分が彼に抱いていたのは、友情などではなかったのだ。

指がひりひりするほど彼に触れたい気持ち。目が合うだけで、心臓が飛び出そうなほど胸が高鳴って、二人きりのときは、この時間が永遠に続けばいいと願ってしまう。彼のその声が、自分だけを呼べばいいと思う欲望も。

そうだ、これは恋というものだ。

自覚すればひどく恥ずかしくて、穴にでも埋まってしまいたくなる。けれど、今は勇気を出すときだ。こんな奇跡はきっともう、二度とないだろうから。

ニコラは、なおも帰ろうとするランドの正面に回りこみ、緊張で震える、唇をひらいた。

「私は、私の意思で、この島にいたいのです。あなたがいる、この島に、いたいのです」

恥ずかしさと誇らしさで、かっと体温が上がる。けれど伝えられる嬉しさで跳ね回りたい気持ちだ。

「そうか……」

ランドもまた、驚いたのか気が抜けたのか、立ち上がると、トカゲの背によりかかるように体を預ける。彼はそれほど、ニコラが去ることにショックを受けていたらしい。

申し訳ないと思いつつもニコラはあふれる笑顔を抑えきれなかった。

そうだ。ランドと一緒にいたいと思う気持ちも、彼を見ると胸が高鳴るのも、世界が輝いているように見えることも、全て、彼に恋しているから。

「私は、今まで辛いばかりの人生だと悲観的でした。独りよがりで、無知で人を失望させました。そんな私を、あなたは受け入れてくれる。力強く優しくて、強引に私の世界を広げてくれた。私は、あなたとともに、新しいことをたくさん知りました」

大きく息を吸い込んで、勢いこんで、ニコラは付け足す。

「私は恋をしたこともない世間知らずです。でも、あなたが好き……」

ふと、誰かに呼ばれた気がして、ニコラは驚いて振り返った。

けれどそこにあるのは気味の悪い二本のリンネの樹木だけだった。

「あの、さっき誰かが」

幻聴かともういちど、ランドの方を見て、ニコラは小さく叫んだ。

彼は地面に、音もなくくずおれていた。


「ランド!?」

驚いて駆け寄り、触れた体は、驚くほど熱かった。

呼吸も荒く、呼びかけても反応が薄い。

ただ薄く目をあけて、焦点のさだまらない目でニコラを探し、

「だいじょうぶだ……」

掠れた声で、そう呟いたきり、ランドは意識を失った。

ニコラは息が止まりそうになった。こんなに容態が悪いのに、気づかずに浮かれていただなんて。

自分の失態を恨みながら、ニコラはランドを担ぎ上げた。どうやって彼の巨体を担ぎ上

げたのかわからないが、とにかく必死だった。

彼を揺らさぬように、リジーを慎重に走らせて、ニコラが戻ると、すぐにランドは治療室に運び込まれ、医師と癒やし手以外は面会ができなくなった。

城にいるのは耐え難く、ニコラはリジーたちの暮らす厩舎《きゅうしゃ》に避難した。それでも耳をすますだけで、ランドの容態が聞こえてくる。高熱で意識がない。傷口からの感染症のようだ。

プロテウス一族は病に強いと聞いたので、これは相当のことに違いない。

リジーはニコラの不安を感じ取っているようで、いつもならニコラがいるとキュルキュルと甘え鳴きをして、背中を撫でろと頭を擦り寄せ大騒ぎをするのに、今は静かにニコラに寄り添ってくれている。

「よそものが疫病をつれてきたのだ」

城を追い出されたらしい、キーウィットの怒鳴り声が聞こえてくる。だから私は警告した。あれは裏切り者の血を引く厄災だ。

普段なら腹が立つばかりの彼女の暴言にすら、ニコラの心臓はすくみあがった。自分がいなければランドは怪我をしなかった。自分がちゃんと止めていればランドが倒れることもなかった。ほんとうに疫病神みたいだ。

ランドに二度と会えなくなったら、どうしたらいいのだろう。

美しい赤い髪、生命力に満ちた緑の目。たくましく立派な体。不器用だが思いやりにあふれた、優しいその指先も。死ねばただの冷たい肉塊だ。

自責の念のあまり、考えがまとまらない。指先の震えが止まらず視界がぐんと狭くなる。

ニコラは絶望に押しつぶされそうになりながらただ祈った。

どうか、どうか回復してほしい。彼が無事ならほかは何も望まない。


真夜中、厩舎にストームがやってきた。

「皆をそろそろ休ませたい。弟の看病を手伝ってくれるか?」

微笑む彼女は、先日よりずいぶんやつれた印象だった。

ランドの様子が芳しくないのだろう。毅然としていた彼女が見せる焦燥は痛々しい。

「ああ、こんなに指が冷たくなって、かわいそうに」

それでもニコラを気遣って、指を両手で包み温めてくれる。彼女の手もまた凍えている。

「あの、ランド……ランドさまは、大丈夫なのですか。私がちゃんと止めなかったせいで」

「ニコラ」

咎《とが》める調子で彼女はニコラの不安を遮った。

「弟は感染症を起こして朝から熱が上がっていたのだ。安静にしていなければならないのに勝手に抜け出した。自業自得だ」

「……そんなことは、いえ、そうですね、無茶をなさる」

同意の言葉を吐きつつも、ニコラは内心で反論していた。

私のせいなのです。ランドは、私がいなくなると勘違いして、無茶をしたのです。

私は軽率でした。きちんとランドを引き止めるべきだったのです。でもランドのわがままに、数日ぶりの彼のまなざしに、すっかりのぼせ上がってしまった。

わたしの、せいなのです。

ニコラはじっと、湧き上がる感情をこらえて奥歯を噛み締めた。

懺悔を口にすれば、ストームはきっと否定してくれるだろう。自分も悪いと言うかもしれない。

自分はその慰めに、少しばかり、安心してしまうかもしれない。

そんなことは許せなかった。

「少し外の空気にあたってきます。戻ったら手伝いますので」

「かまわない、声をかけて」

ストームはニコラの肩を軽くたたいた。

「あまり思いつめないように」

「はい」

とても無理です、とも言えずにニコラはなんとか微笑んでみせた。

夜のアマネアはまるで黒い影だ。

虫よけのない森で強い光をともすと、黒い雲のように羽虫が飛んでくるので、傘をかぶせて足元だけを最小限に照らし、あとは月の光に頼るしかない。

外の、新しい風を吸い込むと、ニコラはそのまま闇に消えてしまいたくなった。

とてもではないが、ランドの看病などできない。すでに不安で気が狂いそうなのに、彼が目の前でどんどん弱っていく姿など見たら、どうなってしまうのか。

夢遊病者のごとくふらふらと歩きはじめたニコラのあとを、リジーがついてきていた。

ニコラがふりかえるとリジーの大きな目玉は泉のようにきらりと月影を反射させる。

「リジー」

三日月模様のある鼻先を撫でてやる。

こんなに懐いてくれたのに、ニコラはこのトカゲの顔を初めて見るような気分だった。

それだけではない。この森も草も城も風の匂いも、いつもよりも輪郭がはっきりしている。きっとランドがいないせいだ。彼はおひさまみたいな人だから、眩しくて、彼以外のものがよく見えなくなってしまうのだ。

「ごめんね、リジー」

リジーの体は温かくすべらかで、ニコラの気分を落ち着かせてくれる。

そういえば、夜というのはこういうものだった。真っ暗で怖いけれど静かで、昼間には気づかなかったものの存在を教えてくれる。

目を閉じたニコラの脳裏に、数時間前に見た、リンネの二本の木の姿が浮かんできた。禍々しいが、強烈に目をひきつけたあの姿。

「そうだ」

ニコラは、はっとして顔を上げた。ランドが言っていた。その実は、多くの病に効く可能性があり、根はそれよりも弱いが同様の成分を持っていると。

せめて根だけでも煎じて飲めば、もしかしたら少しは、ランドを良くしてくれるかもしれない。

思い立つと、ニコラはもういてもたってもいられなくなった。すぐさまリジーの背に飛び乗ると、彼女はニコラの思いをくんだように、月夜の中を走り出した。

リンネの丘まで、ニコラはひとつも迷わなかった。まるで導かれているかのようだ。

青白い月明かりのもとで見るリンネの木は、昼よりもずっとおぞましい。

瘴気《しょうき》も強まっているのか、リジーはリンネよりも随分手前で立ち止まってしまい、それ以上は進みたくないと尾を地面に落として顎を左右にふった。

そういえば、触れるだけでも卒倒するくらいの毒があるのだっけ。

そんなことを考えながらも、ニコラはトカゲの背から降りると、ためらうことなく丘を上った。不思議なほど、その毒を警戒しなかった。

月影に長く伸びるリンネの樹影は、ざわざわと、今にも動き出しそうだ。

これはニコラの母、ヴァイオレットとともにいて、死んだ彼女に花を咲かせた木だ。幼いころはそれに怯えていたが、今は、その独特の樹形に、母のしわがれた指を思い出し、懐かしささすら感じた。

母は、今の私を見て、どう思うだろうか。

ニコラはリンネの幹のうちの一本、太く元気なほうを選び、その幹に手を置いた。

「昼間、来たとき、あなたは私を呼びましたか？」

ニコラは自然と、リンネに話しかけていた。

他の植物に声をかけるときには感じていた、もの言わぬものに話しかける居心地の悪さはない。それどころかニコラはリンネに意思を感じた。厳しくも優しい、孤高の意思を。

「私の名前はニコラです。あなたと通じ合っていた人は私の母でした」

ニコラの手のひらには、幹の棘にあたる微かな引っかかり以外の痛みはなかった。リンネがニコラのために毒を抑えてくれたのだとニコラは信じた。

『あなたのことは存じてます』

だから急に、頭のなかに声が飛び込んできたときにも、ニコラは驚かなかった。

『私のかたわれが、あなたの母と繋がっていました。かたわれは、あなたの母が亡くなっ

た悲しみで弱り、言葉を失いましたが、私たちはあなたの母と、今も共にいます。たとえ遠く分かたれ、肉体を失ったとしても』

かたわれというのは、隣に生えている細いほうの幹のことだろうか。

片言気味のその口調は、ニコラの母のそれと似ている気がした。

「ははうえ」

リンネの声が呼び水になり、ふいに母との思い出が溢れ出る。

手をつないでめぐる薬草園、夜半すぎ、夢うつつの枕元にやってきて、そっと撫でてくれたこと。子供の他愛ない疑問にも真剣に付き合ってくれたこと。枯れた横顔が、ろうそくの光のもとで、ふと美しく見えること。お気に入りのハーブを嗅ぐと和らぐ口元も。

胸がいっぱいになってニコラは呼びかけた。

「母上、あなたはあんなにも、私のために尽くしてくださったのに、私はあなたに何も返せなかった」

『私はあなたの母ではありません』

リンネはぴしゃりとニコラに返した。

『あなたの母も、そんな懺悔、聞きたくはないでしょう。子供というのは無力で未熟なものです。母の愛は受けるばかりで当然です。大人になれば返せばいいこと』

「私の母はもういません」

『それなら他の人に与えなさい。にんげんというものはすぐ感傷的になって本質を忘れる』

リンネは辟易とする、とばかりに声を上げる。

『それよりも、他に用事があったのではないのですか？　こんな真夜中に、そんなに疲れて一人きりで、ぼろぼろになってやってきて』

ニコラはリンネの冷淡な対応に戸惑いつつも、そのとおりだと申し訳なくなる。

「どうか、あなたのその力で、ランドを守って欲しいのです」

ニコラは両手をリンネの幹にぐっと押し付けた。そして決然と口をひらく。

「私はどうなっても構いません、ランドの病気をなおしてください」

『そう、それでいいのです。ニコラ』

ふいにリンネの口調が和らぎ、風がニコラの頬を撫でてゆく。

『小さかったあなたに、命にかえても守りたい人ができた。それこそがあなたの母の喜びとなるはずです』

まるで母親のようなことをリンネは告げる。

『ニコラ、そのまま両手を私にあてたままにしていなさい。大事な人の無事を強く祈りなさい。何があっても私から手を離さないように』

「はい」

ニコラは言われた通り、両手に力をこめ、祈りつづけた。

やがて爪の間を何かがこじ開けるような感覚が起こり、続いて全身に細い根がはりめぐらされるような痛みが湧き上がった。それでもニコラは耐えてそれを受け入れた。ランドがいなくなる心の痛みに比べれば、この程度の痛み、なんでもなかった。まるで皮膚の下を棘をもった蛇がずるずると這い回っているような。おぞましい感覚は長く続いた。負けるものかと、ニコラは胸をはって前を向いた。

そうするうちに、リンネが変貌していった。

幹を細かく震わせて、古い樹皮を脱ぎ捨てると、その奥から、やわらかな白い木肌と、緑の濃い棘の葉がまろびでる。

ふいに冷たい水に浸かったかのように、ニコラの感覚が澄み渡る。

その毒の強さゆえに孤立しているリンネと、ニコラの抱える孤独が、共鳴する。

ニコラはもはや、リンネの隅々までを自分の体の一部のように把握できた。新しい枝が夜の風を感じ、伸びゆく葉が月のひかりを受けている。細い根は荒れた大地の奥深くにまでもぐりこみ、地下を流れる澄んだ水を探し当てていた。

ニコラの体の中にリンネの息吹《いぶき》がある、ニコラとリンネの意識が繋がって、リンネの根から、葉から、喜びが溢れだす。まるで古い友に再会したような歓喜とともに、リンネはあらゆる薬を作る情報をニコラに受け渡してくれた。

更にリンネは枝を伸ばす。針の葉はほどけ柔らかな青い葉となり、溢れるような花をつけて実を結んだ。それは小さな心臓のような形で、素晴らしい香りがした。きっと強い毒があるのだとニコラは感じる。

毒が強いほど薬の効果が高い。ヴァイオレットの教えをニコラは思い出す。

彼女はニコラに危ない毒草に触れさせはしなかった。

やがて保護者を失うことになるだろうニコラが、薬学に突出した能力を持つことを危険視したのだろう。ヴァイオレットの懸念は残念ながら悪い方向に当たった。

ニコラは強い薬を作る知識もないのに、あらぬ噂を流されて、故郷を追放された。

ヴァイオレットは人の善意を過信したのだ。ウィリアム王もそうだ。ニコラを危険から遠ざけ、潔癖で、自由でいられさえすれば、幸せを掴みとれると思っていた。

ニコラは、母も、父も、責めるつもりはない。

けれどもっと、二人自身の、良いことも悪いことも教えてほしかった。抱き締められる、暖かな思い出は何よりも生きる力になっただろうに。

リンネの実もまた、そのままでは人の体には猛毒だ。

けれどももはやニコラはそれをうまく使いこなせることを知っていた。

何せニコラは、ウィリアム王の勇気と、ヴァイオレットの知識をひきついでいるのだ。

それを教えてほしかった。自分は無力ではないことを。

飛び込むように城に戻ったニコラを見た人々は驚いた。枝が服にひっかかり、髪は乱れ、普段の綺麗好きなニコラからは想像もつかない泥まみれのありさまだったからだ。

一体何があったのかと心配して集まる人々への返事もそこそこに、ニコラはきっちり体を清めて身だしなみを整えると、揺れる回廊を全速力で駆け上がった。

王の部屋は、城の高い場所にある。

息は乱れ、ふらふらしながらニコラはランドのもとにたどり着いた。真夜中の訪問者に驚く人々を素通りして、脇目もふらず、眠るランドのもとに赴く。

彼は意識なく、四肢を寝台に投げ出している。

息は荒く、呼吸は不規則に上下して、汗で肌は濡れ、状況は芳しくないようだ。

けれど生きている。

「ニコラ様?」

恐る恐る声をかけてきた一人の家臣に、ニコラはようやく懐に抱えていたものを見せた。

彼はそれが何か、すぐにわかった様子で大きく目をひらく。

「これはリンネの実です。私はリンネと共生しました。私は癒やし手のヴァイオレットの息子で、薬の処方は承知しております。ランドを助けに来たのです」

ニコラは周囲に説明すると、リンネの実をかじって、ランドの上に覆いかぶさった。

そしてその精悍な顔を包み込み、指先で唇を割る。ふわりとした唇の下には真珠のように白い歯と赤い舌が眠っていた。熱い吐息がニコラの頬を温める。

ニコラが倒れたあの最初の夜、ランドはどんな気持ちでニコラの唇に触れたのだろう。

きっと良くなるように願いをこめてくれたに違いない。

そんなことを想像しながら、ニコラはランドの口内に舌を這わす。彼の体液を探り、血の匂いを嗅ぎ、彼を苦しませる源を探り、自らの唾液を流し込んだ。

リンネの実はニコラの体液と混ざり合うと、強い薬へと性質を変える。

今のニコラは、どこもかしこも薬であり、毒だった。

ランドは反射的に弱い抵抗をしたものの、ニコラが彼のおとがいを軽く上げると、素直に飲み込んだ。

ごくり、という嚥下音とともに、彼ののりっぱなのどぼとけが上下する。

「もう大丈夫」

ニコラはほっとして、ランドの赤い髪を撫でた。

「心配はいりません。私があなたを癒やします。もうあなたは大丈夫」

かつて、ランドがニコラに告げた台詞を思い出しながら、ニコラは彼に囁いた。

「……」

ランドがふと、まぶたを持ち上げて、ぼんやりとした眼差しをニコラに向けた。

そして音もない言葉を唇につむいで、微笑んで目を閉じた。

ニコラは彼が好きだった。とても。

愛おしさに、涙が溢れそうになる。

「……ありがとう」


それからずっと、ニコラはランドのそばにいた。

医者たちは、みるみるまに熱が下がり呼吸も安定してゆく患者に驚いている。

ニコラは、脈をとる、と言い訳をして、ランドの手首にずっと触れていた。

指の腹を、とくとく押し上げてくる、彼が生きている証が愛おしい。

ニコラは今までの自分がどれほど、誰かに愛されることばかりを考えていたかを知った。

求めるばかりの人生は苦しいだけで何も見えなくなる。

与えることが、こんなに幸福なものだったなんて。ニコラは母を偲《しの》ぶ。父と息子のために身を犠牲にした母を、ニコラはずっと不幸だと思っていた。けれど愛する人のそばにいられるだけで、こんなに満たされるなら、そう悪い日々ではなかったのかもしれない。

目を細め、胸の奥から湧き出るそのぬくもりを感じていると、いつのまにか、ランドが目を開き、こちらを見ていた。

それがあまりにも優しい顔だったので、夢でも視ているのだろうかと、ニコラは思った。

「どうしたんだ？　髪の毛がぼさぼさだぞ」

寝ぼけているのか、ランドはニコラの目の前で、柔らかく微笑んで手を伸ばしてくる。

「具合はどうですか？」

ニコラが彼に顔を寄せると、ランドはニコラの髪を軽く撫でて、満足そうに息を吐いた。

「嘘みたいに楽になった。お前からはリンネの匂いがする」

ニコラはランドの手のひらに頬を擦り寄せる。

「私はリンネと共生できたみたいです」

そうか、と、ランドはぼんやりとニコラを見て、お前の頬は桃みたいだな、と、関係のないことを呟いたりしている。

まだ意識がはっきりしていないのだろう。なんだかふわふわとしている。

「あまり喜んでくれないんですね」

どうも反応が悪いことが心配で、ニコラが冗談めかして尋ねると、ランドは、そうだな、と曖昧に頷く。

「喜んでいる。だが急に巣立ちしたひな鳥を見ているような気分だ」

「なんですかそれ」

ランドがニコラに、もっと寄れと言うので、ニコラは彼の枕元に腰掛けた。ランドの腕が、ニコラの腰に軽く巻かれて、ニコラはくすぐったさを覚えた。

「まあ、だがいい。今度はお前が俺の看病をしてくれるんだな？」

「ええ、私でよければ」

「ならば、俺に薬を飲ませるのは、ずっと昨夜の方法にしてくれ」

「は……」

ニコラは昨夜、彼に口移しで薬を飲ませたことを思い出して赤面した。

「あ、あれは、必死だったからできたことで……」

「ニコラ」

「な、なんですか」

「薬なしでもかまわない。俺はいつでもお前の唇を待っている。お前だって、俺が好きなのだろう?」

「……」

ニコラは絶句してしまった。ランドはどうして、そんなに大胆な台詞を、さも当然とばかりに宣言してしまうのだろう。

かっと体が熱くなる。ニコラは今すぐどこかに隠れたくて仕方がなくなった。けれどどこにも行きたくなかった。彼のそばにいたかった。

「……私でよろしければ、いつでも」

自分のそばで微笑んでもらえるのなら、そのとおりにしたかった。

ニコラがヴァイオレットの息子であることは、比較的すぐに皆に受け入れられた。

リンネの木が実をつけたのが大きいのかもしれないと教えてくれたのはディルだ。

「リンネが実る年は大きな変化があると言い伝えがあるの。だから変化が明るいものになるよう、お祝いして、悪口、陰口はご法度なのよ。ヴァイオレットがリンネといた数年間は毎年していたみたいだけれど、二十年ぶりよ。だから楽しんで！」

ディルは短い会話を終えると、ミツバチみたいにせわしなく飛んでいった。

ディルだけではない、島中が、賑わしく、いつも以上に活気に満ちていた。

ニコラもまた、もっとも忙しい人の一人だった。

リンネとの共存を機に、ニコラは癒やし手としての修行を始めた。

キーウィットはいまだニコラに反感を持っているようだが、リンネの使い手を無視するわけにはいかないらしく、しぶしぶ癒やし手の館の門戸をひらいてくれた。ときどき意地の悪い嫌味を口にすることもあったけれど、真摯に学んでいるところを邪魔するようなことはせず、成長を見守ってくれている。

リンネの木からはじつに多くの薬が作られる。ニコラはリンネとの調合に必要な植物について、更に学ぶ必要があった。

植物学者としての知識は、どこに行っても重宝された。とくに風や波が運んできた外来の植物の種に詳しい学者は貴重らしく、さまざまな相談を持ちかけられる。

バートに頼まれたスパイスの推薦書も貿易交渉に役に立ったらしい、次はあれ、これもいいか、と、定期的に依頼が来るようになった。

そのうちアマネアの植物の目録を一冊の本にまとめる計画もあるらしい。

ニコラはそのすべてを喜んで引き受けた。

こんなに多くの人に頼りにされるなんて、嬉しくてたまらない。ニコラは熱心に仕事に打ち込んだ。

「お前はずいぶんと、人気者になってしまったな」

けれどランドはそんなニコラが気に入らないらしい。

「人気と呼ぶようなものではないですよ。私にもやっと、人のお役に立つことができるようになった、というだけのことで」

「お前は前からじゅうぶん役に立っていたと思うぞ」

ニコラの部屋に忍び込んできたランドは、我が物顔でベッドに寝そべって、ニコラの用事がすむのを待っている。

暇で仕方ないといった様子なのは、まだ体が本調子ではないからと、城から出るのを止められているせいだ。

いつものランドならばそんな制止はふりきってしまうだろうが、今回は姉兄にこってり絞られたようだ。皆に心配をかけた自覚もあるらしく、ふてくされつつも従っている。

ニコラはなんとなく、修道院にいたネズミ捕り役の猫を思い出した。

その猫は修道院のボスだった。他の猫よりもずっと大きくて毛並みはふさふさだ。若い頃の喧嘩の後遺症でいかつい顔をしていたが人懐っこくて、すれちがいざま頭突きをしてきて、撫でろとばかりにゥアオーと吠える。おかげで修道士の黒いローブはよく猫の毛にまみれていた。

その猫はニコラの部屋にもよくやってきた。ニコラの用事がすんで、そのふわふわの毛並みを丁寧に撫でてくれるのを、いつまでも根気強く待っている。

その姿は一見、従順でいじらしくも感じるが、実際はかなり執念深く、撫でてくれるまで決して諦めることはない。人間がこの、見事な毛並みを持つ私を撫でないなどという選択肢はありえない、という確固たる自信と不屈の精神がなす所業だった。

ニコラはもじもじとしつつも、急ぎではない作業まで終わらせるのは諦めて、ランドに向きなおる。

「お待たせしました」

「本当に待った。夜にしか会いに来ないなんて、薄情だとは思わないのか」

意識が戻ってから三日で、すでにランドは退屈していた。

一人で歩き回れるくらいに回復していても、大事をとって城から出ないように、という言いつけを律儀に守っているのでストレスなのだろう。

子供のようなわがままも、ひんぱんに訴えるようになった。

「退屈で八つ当たりですか？　もう少しの辛抱《しんぼう》ですよ」

「いいや、お前に会えなくて寂しいから拗ねているのだ。お前だって、俺と一緒にいたいんだろう？　なぜわがままを言わない」

「ふふ。大人なので」

ニコラは最初、この子供返りじみた態度に戸惑ったものの、自分と二人きりのときにしか見せないと気づくと、とたんに可愛くてたまらなくなってしまった。

「まったく真面目なやつだな。ほら、お前の患者に薬を飲ませてくれ」

けれどこの大きな子供は、たくましい両手を広げて偉そうに薬をねだってくるのだ。

ニコラは赤くなってうつむきながら、そそくさとその腕の中に収まると、薬を口に含む。

ランドは横柄《おうへい》な口をききながらも、ニコラのおとがいを優しくなぞり、唇に触れる。

「口をあけてくれないか」

言われるままにそうすると、透明な薬が口の端から溢れ出る。それをランドは器用にすくいとって、喉を鳴らす。決して美味しいものではないはずなのに、まるで命の水を飲み干すようにうっとりと目を細め、酩酊《めいてい》しているように潤む、緑の目は美しい。

じっとなすがままにしていると、その舌は、やがてニコラの口内にまで侵入してくる。

舌を絡め、上顎をくすぐり、歯列のすみずみまで舐め取って、それでも名残《なご》惜《り》しいように、下唇をゆるく噛む。

ようやくランドが満足して離れるころには、いつもニコラはぐったりしてしまう。

「お前の薬はよく効くな」

ほのかに赤みを増した唇で舌なめずりをする、ランドの仕草が卑猥《ひわい》に思えて、ニコラは直視できない。

おまけにランドの甘えはそれだけにとどまらないのだ。

「ありがとう、好きだ、ニコラ」

そう言って、改めて、ランドはニコラの口の端にキスをする。

看病を始めて以来、ランドは毎日のように、ニコラに感謝と愛を囁いてくれていた。

「働き詰めで、疲れただろう」

ランドは色づくニコラの耳に、甘い声で囁く。

「……ちゃんと自分のベッドに戻って寝てください」

「あそこは医者だの使用人だの出入りが多くて熟睡できん」

「皆あなたのことが心配なんですよ」

「それはわかっているが」

のらりくらりとかわしつつ、ランドはニコラの腰を撫でて、逃げ道を、やんわりと塞いでくる。

ランドは決して、強引にニコラを従わせようとはしない。

「一眠りしたら帰るから、それまで腕の中にいてくれ。お前がいないと、俺はさみしくて眠れない」

けれどそれよりも破壊力のある言葉で、ニコラから抵抗を奪ってしまう。

「ふふ、そんなことないでしょう、あなたのような人が……」

思わず笑ってしまうと、ランドはますます甘い声で、喉を鳴らすようにニコラに乞うてくるのだ。

「リンネの丘で意識を失う前、お前が俺を好きだと言う声を聞いた。あれは幻か？」

「……いいえ」

「夜だけでも、恋人のようにしてくれ」

「恋人だなんて……」

「特別なことを求めているわけじゃない、子守唄を歌って欲しいだけだ」

彼はニコラを抱き締めたまま寝台に転がって、じっと期待した目で見てくる。

ランドは、ニコラが逃げ出さないラインをよくわきまえている。

「ええ……もちろん」

それくらいならと、ニコラはランドの腕のなかで、小さく歌を歌った。

それは幼いころ、母親に繰り返し、繰り返し聞かされた歌だ。

ドナウルーダではスタンダードな歌を、彼女はニコラのために学んだのだろう。やがてニコラが家族を持つことがあれば、その子供に歌ってやれるようにと。

そんな細《こま》やかな母の愛情を、気づくことなく享受《きょうじゅ》していた子供時代に思いを馳せる。

修道院のきびしい戒律にしばられ、不自由な生活ではあったが、なんと愛されていたことだろう。最近は、まざまざと気付かされる。

ドナウルーダを愛していたのは、確かに、母があの国を愛していたからだ。

そんなほろ苦くも甘い思い出に逃避しつつも、現実のニコラは軽い恐慌状態だった。

歌声に合わせてランドの手が、優しくニコラの体を慰撫してくるからだ。

彼の手がニコラの胸に、肩に、優しく触れるたびに、ニコラの体に変化が訪れる。

腰の奥からむずむずと、叫びだしたくなるような感覚が湧き上がり、歌声が震えないようにするのが難しくなる。

どうやっても止められない気持のよさが、どういった影響を体の一部に及ぼすのかを、ニコラは知っている。

「んん」

ランドの指が、やがて胸と脇腹に、集中的に触れはじめると、もう我慢ができなくなる。

膝をすりあわせて、ニコラはできるだけ、体の変化をランドに気づかれないようにする。

ランドは薄く目を閉じてはいるが、眠ってはいない。

肩から背中へ、背骨をたどって尾骨まで、そこから腰骨へと、柔らかに指が進む。

奥歯を噛み、ニコラは自分の体の反応を恨んだ。ランドは本調子でないし、きっとまだ体が痛いだろう。心配なのに、その指先に欲情している。

二の腕で軽く円を描き、へそのまわりをくすぐると、ニコラの足の間にある器官が、ぴくりと反応して、ニコラは恥ずかしくて泣きたくなった。

「ランド」

逃げ出そうとすると、ふいに指は離れる。

「なんだ?」

かわりにニコラを抱き寄せて、頬にキスをする。

「まだ俺は眠っていないぞ」

そんなふうに子供じみた無邪気な残酷さで、ニコラを束縛するのだった。

「そのように撫でるのはやめてください」

彼のたくましい足がニコラの両足に絡みついてくる。彼の太ももに、ニコラの興奮がこすられて、ニコラは真っ赤になって腰を震わせた。

「気持ちよくはないか?」

「気持ちいい……」

ぶるぶるとかぶりをふって、ニコラは胸元まで赤くしながら反論した。

「あなたは病人なのですよ、それなのに私がそんな……あなたの手でそんなふうに、みだらに気持ちよくなるなど」

ランドに対する恋情は、受け入れられたニコラだけれど、いまだに欲情を伴う行為には戸惑いのほうが先にきた。

触れられるだけで、こんなに気持ちがよくなってしまうなんて、私は淫魔にでもつかれているのだろうかと不安になってしまう。みっともなく赤くなって、性器を腫らして震えている。ニコラの欲望も恋情も、全てランドに筒抜けなんて、耐えられなかった。

「ニコラは真面目すぎるな」

けれどランドはニコラの反応を茶化すことなく、優しく微笑んだ。

「だが、安心した」

「安心？」

「俺がどんな意図でお前に触れているのかは、わかっているのだな」

「ランド！」

思わず声を上げて、けれどそれ以上は出てこなくて、ニコラはぱくぱくと口を開閉した。

ランドはそんなニコラを満足そうに見ている。

「では俺が完治して、それ相応の準備ができれば、お前はその『みだらな気持ちよさ』を受け入れるということだな」

「そんなことは……」

「どうなんだ?」

ぐっと顔を近づけて問われて、ニコラは視線を泳がせる。

けれどうまい言い逃れも思いつかず、それどころか、間近で見るランドの笑顔の迫力に押されて、気がつけば頷いていた。

「そうか、約束だな」

「……いいからはやく良くなってください」

「俺はもう充分元気だと思うんだがな」

不満そうにニコラの胸に鼻をうずめて、はやく抱き合いたいな、と囁く。その骨まで響くようなかすれた声だけで、ニコラは軽く達してしまう。

ランドが愛おしかった。彼に頼まれたら、何だってしてあげたい。

でも、彼の求める、みだらな気持ちよさ、というのはあまりにも未知の領域で、本当は少しだけ、怖かった。


ある日、ニコラはバートから呼び出され、一通の書簡を手渡された。

「グレイからの返信です」

そこまで言って、バートは声をひそめた。

「他人に知られないようにと、みずから手渡して来たそうだ。重要なことかもしれないので、早めに目を通しておきなさい」

「ありがとうございます」

ニコラは蝋《ろう》で封をされたそれを、部屋に戻るとすぐに開いた。

それは確かにグレイの筆跡だった。文面はいっけん当たり障りなく、シークレアの気候のことや、無事に隠居のための住まいを見つけたこと、珍しい料理や、面白い人物、などの他愛ないエピソードが長々と羅列してあった。

おかしいな、と、ニコラは思った。

グレイは根っからの商人だ。いつも周囲への気配りを怠らない人だが無駄を嫌う。自分のことしか書いていない手紙を送ってくるなど彼らしくない。

ニコラはふと、昔グレイに教わった、彼の故郷の船乗り商人が使う符丁《ふちょう》を思い出した。

グレイは重要事項を書簡で送るさい、外部の人間にもれぬように、当たり障りのない文章の羅列の、特定の配列に情報を隠す方法をよくとっていた。

ニコラが記憶を掘り返しつつ文字をたどると、平和な文面から他の文章が浮かび上がってきた。そうやって、解読した短いメッセージに、ニコラは血の気が引く思いがした。

ドナウルーダの新王ロージャは、ニコラとエルダーが同一人物だと気づいている。

ウィリアム王が画策したニコラの死亡工作も暴かれた。

ロージャは、ウィリアム王の亡くなる寸前に出港したロベール号に、ニコラが乗船したと推測して、当時のロベール号の航海士を買収した。

ロージャはアマネアの存在を知った。

ドナウルーダで建設中だったガレオン船二十隻は完成間近。

軍艦一隻につき数百名の兵士と、四十門の大砲が搭載される。

ロージャは最初の航海の目的地に、アマネア島を狙い定めている。

今すぐその島から逃げるように。

ニコラはその手紙を何度も何度も繰り返し読み、これが現実なのだと理解した。

なんと愚かなことだと、ニコラは震える手を握り締める。この島でのんきに過ごしているうちに、すっかり外の世界のことを忘れていた。

覚悟していたとはいえ、父、ウィリアムが亡くなった衝撃は大きかった。悲しみは強い痛みとしてニコラを襲い、パニックに陥らないように、意識的に呼吸を続ける。

愛する人を失った喪失《そうしつ》にふさぎ込むよりも、なさなければいけないことがある。

もっとも訪れてほしくない未来が、すぐそこに迫っているのだ。

急いでバートに伝えようと立ち上がったニコラの脳裏に、ランドの顔がよぎった。政治は苦手だというが、ランドも王であり、グレイたちとも接触している。もっともニコラと関わりが深い彼に、まず直接相談すべきだ。

そう判断して、ニコラはランドの部屋を訪ね、一部始終を説明した。

「まさか、ロージャが私をここまで追ってくるとは。その可能性を失念していた私の至らなさで、皆さまを危険にさらしてしまうことに」

青い顔で告白するニコラを前に、ランドは驚くほど冷静だった。

「お前の言う通り、ロージャとやらが賢い王なら、お前一人の追跡に軍艦は使わない。現在のお前は臣下の一人もいない。国を脅かす相手とは言えないはずだ」

ランドの指摘にニコラははっとする。確かにそのとおりだ。何十隻もの船を出すには莫大な資金が必要だ。無力な人間ひとりを捕えるためならば割に合わない。

「でしたら、どうして何のためにここまで……？」

「この国の資源を狙っているのだろう」

ランドはほぼ確信している口調だった。

「ある種の植物には宝石以上の価値がある。匂いが強いものなら数キロ先でも嗅ぎとれる。アマネアの周辺を通った船乗りで、知識がある者なら勘づくだろう。昔からアマネアは、他国にとって怪物の住む宝の山らしいからな。箝口令《かんこうれい》程度では防ぎきれん」

「では、やはり、私がロベール号を解放させたから……」

「お前のせいではない」

ぴしゃりと言って、ランドは立ち上がった。

「とはいえ対策は立てる必要がある。バートとストームにも報告するぞ。ニコラもついてこい。ドナウルーダのことは詳しいだろう」

「詳しいとは言えないですが……ほとんど修道院にいましたし」

「わかることだけでいい」

ランドはニコラの肩を叩いた。ニコラは逡巡したものの、しっかりと頷いた。

「ならば、同席させてください。責任を負いたいのです」

訴えるように見上げると、ランドは感心したような様子で小さく息を吐いた。

「お前がいれば、ドナウルーダも、もっと温和な手段を思いついただろうに。残念なことをしたものだ」

「今から故郷の執政《しっせい》といれかわりましょうか」

冗談かと思ってニコラが合わせると、ランドはむっとしたように眉間に皺をよせて、低い声でうなった。

「もうお前はアマネアの住人だ。ドナウルーダに帰すつもりはない」

「……」

ぶっきらぼうで、けれど真っ直ぐなランドの言葉は、ニコラの胸にふかぶかと刺さった。

ドナウルーダを愛している。それは一生変わらないだろう。

けれどランドは、ニコラにここにいてもいいと言ってくれるのだ。

声をつまらせるニコラを、彼はそっと抱き寄せてくる。

「父上のことは、残念だったな……」

息をつめ、ニコラは涙をこらえた。父上のためにも、この国と故郷の民のためにも、泣いている暇すら惜しかった。

できるかぎり、血が流されない方法を模索《もさく》しなければならない。

アマネアを侵略しようとしてきた国はドナウルーダが初めてではないらしい。

絶海《ぜっかい》の孤島といえど、大陸からの距離は千キロほどだ。

強風にあおられて漂着する船もあり、周囲の国には、とうに存在が知られている。

その肥沃《ひよく》な土地を狙われ、攻撃を受け、侵略されそうになったことも数多い。

だが複雑な海流や特殊な磁場が、攻め入る敵を翻弄《ほんろう》し、今まで難を逃れてきた。

とはいえ、一度も植民地にされていないのは、ただ幸運が重なったにすぎないと、アマネアののちの為政者たちは考えていた。

ここ数世紀でようやく、嵐や鳥を操る力を持つ王族が登場し、敵の撃退ができるようになったばかりだ。

だが、やがてその能力に打ち勝つ技術も現れるだろう。その可能性を憂慮して、最近はあえて外に出て、他国の文化を学び、貿易を通じて友好関係を結ぶことで、自国を守る政策に変わりつつあるらしい。

アマネアの平和は、あやうい均衡のもとにあると知り、ニコラはぞっとした。

不思議な植物の力と分厚い嵐の壁があるこの島も、無敵の楽園ではなかったのだ。

ニコラの報告をバートが聞いたその日のうちに議会の招集がかかった。

議会室の大テーブルを囲むのはそれぞれの村の長と執政官、学者、さまざまなギルドの代表たちだ。皆が張り詰めた面持ちでニコラと三人の王を見守っている。

アマネアでの行政決定は合議制で、できるだけ皆の意見が一致することを重要視するらしい。主張のぶつかりあいで長引くこともあるが、参加者の意見は一様に大事にされているとのことだった。

「大砲を大量に積載しているなら、目的は侵略と明らかです。攻撃と防御のご準備を」

「若く元気な民を支援にあてましょう。特性に合わせて配置につかせるよう」

彼らは最初から、迎え撃つ前提で話を煮詰めはじめているようだった。

ニコラは不安にかられ、おずおずと手を挙げて意見をした。

「私の故郷、ドナウルーダは小さな国ではありますが、毎年押し寄せてくる北方からの侵略者をくいとめるために軍備に力を入れています。新たな戦艦は少なく見積もっても十隻、千人の兵士、数百の大砲がこの地を訪れるはずです。それを……おそれながら、軍事経験皆無の国民と、たった三人の王で食い止められるでしょうか」

危機感を持ってもらおうと、あえて直接的な表現をしたが、激昂するものはいなかった。

「苦戦することにはなるでしょうが、勝算がないというほどでもないのですよ」

議員の一人がにこやかに言う。

「そうなのですか……しかし」

楽観的すぎるように思えて、口ごもるニコラにストームが口をひらく。

「確かに、他国の技術の発達は目覚ましい。だが、アマネアも独自の進化をしてきたのだ。今や、植物との適応は、生活を助けるだけではなく、植物と意思の疎通をはかり、互いの能力を超えた動きまで可能にしている。特に攻撃に特化したのが、我々、王家だ。いわば、蟻塚《ありづか》の兵隊アリのようなものだ。外部からの侵略を防ぐために存在している」

「初代王プロテウスは、アマネアに流れ着いた人々のなかでも特別に力が強い人物でした。能力は、風、水、動植物などにまで影響を及ぼせたそうです。植物を操る能力を島民に分け与えたのも初代王のなせる業だったそうで」

長老らしき人物の一人がストームの説明をひきつぎ、議会室の壁に飾られたタペストリーで、アマネアの簡単な歴史を解説した。

「ストーム様と感応する植物は細い髪のような葉で、空気や水の流れを感知することができます。そしてストーム様は、生まれながらに周囲の空気を操る能力を持っておられる。そして、その二つを駆使して島の周囲に大きな嵐の壁を作られる。小さな船ならまるごと吹き飛ばすことができるほどのお力も出せるのです」

「そして私の能力は、鳥と通じ合えることですね」

バートも続けて教えてくれる。

「ストームのように派手ではありませんが、鳥と共生している微小な植物群と繋がっています。生まれつきの能力は、他の動物に触れることにより、その視界を借りること。渡り鳥の目を使い、遠方の状況を把握することも可能です。いわば諜報《ちょうほう》をして、遠方から情報を得ることもできる。私とストームの二人の力を合わせれば、かなりの戦力を無効化できるでしょう」

「そうですね、私も間近で見ておそれを感じました」

同意しつつもニコラは、それだけで巨大な船を駆逐できるとは思えなかった。

ニコラが故郷にいたころ、その帆船《はんせん》たちは建設途中ではあったが、造船所にある大きな船体の集合は一つの都市のようだった。

嵐に船は翻弄されるだろうが、ロージャの率いる軍隊ならば、例えばロベール号の受けた攻撃程度であれば、そう簡単に引き下がるとは思えない。

しかし、なおもバートたちに進言するのは気がひけた。

もし彼らが、船を全壊させるようなハリケーンを起こすつもりなら、故郷の人々が粉々になるのは見たくはない自分には、そこまでの発言権があるとは思えなかったのだ。

「もちろん王の力も完璧ではないが、さいわい我々の世代は三人とも能力を発現させた」

黙り込んだニコラをどう思ったのか、バートがちらりとランドのほうに目をやった。

「ということは、王の一族であるランドさまも何か能力を持っているのですか？」

ニコラが興味をひかれると、バートとストームは少し困ったように目を見合わせた。

「持っているんだが」

「今も持っているかどうかは分からん。なんせ二十年近くろくに使っていない」

遠慮がちなバートの説明を遮るようにランドが口をひらいた。

「ランドは最も偉大な力を引き継いでいる。ただその力が気に入らないだけで」

涼しい顔でストームが続けると、ランドは凶悪なほど眉間に皺を刻んだ。

「気に入らないわけではない、この国には無用のしろものだというだけだ」

そう言い置いて立ち上がると、雑談が終わったら呼べと告げて会議を抜けてしまった。

ストームとバートは予測済みだったのか、弟を追いかけなかった。

「……ランドは己の強大な力を嫌っています。だから自分は王としての責任感がないと嘯《うそぶ》いて、政にも関わりたがらない」

「え？」

議員といえど国民の前で、弟の問題を口にするバートに、ニコラはぎょっとした。

「案ずるな。ランドは国民を見殺しにはしない」

ストームも続けるが、すでに周知のことらしく、周囲は止める気配がない。

「今も、自分の力をどうすべきか決めかねている姿を、ニコラに見せたくなくて、席を立っただけですよ。兄弟だからね、だいたいわかるものです」

どうやら彼らは、非難したわけではなく、いちおう弟のフォローをしているようだ。

「弟は、君の前では格好つけたいんだ。いつもなら能力の話になったら、すぐに癇癪《かんしゃく》を起こして噛み付いてくるのに、頭を冷やしに行った。君との恋は弟を成長させている」

「それは……光栄です」

ニコラとランドの関係は、少なくともこの室内の人々には周知のことらしい。室内の眼差しが、暖かく集まってきて、ニコラはどうにもいたたまれなくてうつむいた。

「弟なりに努力はしているんだ。癒やし手として身を砕き、国民には親身に接している。しかし到底彼の持つ、王としての能力の代替《だいたい》にはならん。かわいそうだが」

ストームは慎重に付け加えた。

「確かに危険な能力だ。下手《へた》すれば島がまるまる倒壊してしまうからな」

「島が」

ニコラはごくりと喉を鳴らした。

「末の子に、そんな危険な能力を授けるとは運命とは残酷だ。私の作る嵐の壁は、しょせんは風と水。特定対象のみを攻撃することはできず、万能ではない。それを突破されれば、あとはランドだけが頼りだ。我々は武器を持たないからな」

ほう、と、ため息をつくストームを前に、ニコラは必死で考えた。ランドの力はきっと、最後の切り札なのだろう。そしてランドはその能力を嫌がっている。だったら、彼の力を使わずにすむ方法を考えたい。

「まあランドに頼る前に船を島に近づけないことです」

バートをはじめ他の執政たちも、ニコラと同じ意見のようだった。

「大砲というのはそう飛距離はありません。ガレオン船を、暗礁に誘い込みましょう」

「崖を登らせないように、中腹の屋敷を撤去《てっきょ》するのはどうでしょう」

ただ、彼らの作戦は、すべて攻撃への回避案だった。ロージャがロベール号の航海士からアマネアの地理情報を得ているとすれば、それらには対応策を用意してくるだろう。彼は戦いにおける作戦立案が得意で、慎重な性格だ。

だったら戦闘に突入しないよう、ごく基本的な対策を試すべきではないだろうか。

「あの、よろしいでしょうか」

ニコラは遠慮がちに口をはさんだ。

「まずは、ドナウルーダ側と交渉の場を持つのはいかがでしょう。私が兄、ロージャ・ベンジャミンを説得してみようと思います」

「君が？　だが君は」

「たしかに私は兄に、命を狙われる立場ではありません」

懸念を孕み、ざわめく室内で、ニコラはできるだけ声を張った。

「ですが私は今やアマネアの地形と植生と、その価値を知る存在です。兄の目的が島の資源ならば、この地を無闇に傷つけるのは本意でないでしょう。有用と判断すれば、それが誰であろうと、兄は面会の場を設けてくれるはずです」

「片親とはいえ、血の繋がった弟を殺そうとする者に、冷静な判断ができるのか?」

テーブルの向こうの一人が、ニコラに疑わしげな視線を向けてくる。ニコラはその遠慮のない台詞に傷つきつつも、努めて冷静に頷いた。

「兄は聡明な人物です。私を殺そうとしていたのも、私情に流されたわけではなく、何かしら政治的な目的があるはずです。ただ、相手国の負けが明らかなのに抵抗をやめず、人民や土地に甚大な被害を及ぼすおそれのある場合などは、躊躇《ちゅうちょ》なく王や執政の首をはねて根絶やしにする冷酷さも持ち合わせています。それに関しては、私の父もそうでしたから。あくまで合理的な判断です」

周囲がざわめく。ニコラはもう一度、繰り返した。

「いえ、正直に言いましょう。私はチャンスが欲しいのです。愛する国同士が争うことを避けたいのです。そのためには私の命くらい喜んで捧げます。どうかロージャあての書簡の伝達だけでもご許可願えませんでしょうか」

テーブルに揃った人々の自然が交差し合う。

「そうだな、血を流さぬ方法があるならそれに越したことはない」

バートやストームがニコラの味方につくと、皆がそれに倣いはじめた。自分の意見が通りそうな様子に、ニコラはほっとした。


ニコラが会議室を出ると、ランドは、窓ぎわに伸びた大きな枝の上にいた。

「俺を腰抜けだと思っただろう」

彼はアマネアの豊かな森林に視線を落としたまま、ニコラにそんなことを言ってきた。彼にしてはずいぶんと卑屈な物言いだ。

「いいえ、ですが安心しました」

ニコラは窓から顔を出して微笑んだ。

「あなたは不器用で乱暴者ですが、その勇敢さは王にふさわしいと思ってましたから。あなたがそういう鬱屈を抱えていると思うと気分がいいですね」

「褒め言葉ではないな」

ランドは鼻を鳴らしながらも、ニコラをちらりと見た。

「そんなことはないですよ。私はずっと、あなたが羨ましかった。私にないものをたくさん持っているから。でも、持てる者には相応の責任もつきまとうことを私は失念していました。いけませんね。かつて母からも叱られました。私はすぐに自分が一番不幸だと思いこんでその境遇に酔ってしまう」

「まあ、お前は確かに気の毒な境遇だと思うが」

「言いますね」

ランドの軽口に、ニコラはほっとしつつも、少し残念に思う。

ニコラが助けなくとも、ランドはすでに、自分の中で答えを見つけているのだ。

「俺から見れば、お前もまた、俺にはないものをたくさん持っている。勉強熱心で、繊細で努力家だ。その献身には、俺も学んだ」

「いいことですか？」

「もちろんだ」

ランドは枝を軽く蹴って、ニコラの近くに飛び降りてきた。

「何かを守りたいと思うなら、犠牲は覚悟しなければな。その何かが大きければ大きいほど、その代償も大きくなる」

彼はすでに自身を取り戻しつつあるのか、獅子のごとく胸をはっている。鮮やかな髪をマントのようになびかせて、いかにも王者の風格だった。

ニコラは、ランドがいる側の半身にぬくもりを感じた。包まれるような安心感とともに、むやみに胸がせつなくなる。

ニコラの好きな相手は、ときどき手がとどかない存在になってしまう。

「俺の力は多くの人間を守れる。だが同時に、多くを壊すこともできる。俺はこの能力が恐ろしい。一人の人間が持つには強すぎる、不自然な力だ」

「でも、何もできなくて、歯がゆい思いをするよりはましだと思います。あなたも、癒し手として、疫病が流行ったときにそれを味わったでしょう。王の血をひいているならなおさら、何かをしなければならないような強迫観念にかられてしまう」

ニコラは彼を見上げながら、真摯に言葉を紡いだ。

「比べるのはおこがましいかもしれませんが、私はリンネの力を得られて嬉しかったです。私の力で、あなたを助けることができたから。同時に、多くの人間を殺す力を持ったということに、身が引き締まる思いでもありました。リンネの成分は多くの人を病から救う薬にはなりますが、使いこなすには、人生をかけて学ぶ必要があるでしょう。それでも、私はこの力に恵まれたことを幸運に思います」

きっぱりと言い放つと、ランドは複雑な顔で、大きく息を吐き出した。

「な、なんですか、私は真面目に言ったのに、ため息だなんて」

「いや、バカにしたわけではない」

憤慨《ふんがい》して抗議するとランドはしみじみとニコラの頭を撫でた。

「俺が倒れて目を回しているあいだに、お前はずいぶん強くなってしまった」

「……嫌なのですか？」

いいや、と彼はかぶりをふった。

「俺はお前の保護者だと思っていた。だがお前は賢く勇敢で、一人でちゃんと立てる立派な大人だったのだな、と感心して……まあ、そうだな、すこし寂しくはあるが」

そう言って引き寄せて、おもむろに頬にキスをしてくる。

「子供に手を出すような後ろめたさを感じずにすむのでありがたい」

「なんですか、あなた、こんなときに……」

赤くなって言い返すニコラを、ランドは小さく笑いながらしっかりと抱き締めた。

「そうだな、俺はお前を守ろう。お前に学んだ勇気を役に立たせるべきだ」

「私もあなたを守りますよ」

「ふふ、頼もしい」

「またそんなことを言って。私は本気ですからね」

「わかっている、いつもお前は俺を守ろうとしてくれているな」

と、ニコラを見つめてくる。美しい緑の目には、はっきりとした意志があった。

指導者として、多くの人を導く力のある眼差しだ。それが、今だけは自分にだけ注がれていることを、ニコラは誇らしく思った。

西からの風が強まる季節、渡り鳥より、十隻からなる艦隊がアマネアの方角に向かっていると、報告を受けた。

迎えうつ準備の物々しさに、島の各所で不安の訴えが上がるようになった。王議会参加者の面々は作戦を練るかたわら、島の各所を巡っては、極力戦いを避ける意向を説明し、できるだけ島民を納得させようと努めた。

ニコラの隣には相変わらずランドがいたが、最近の彼はだいたい眉間に皺を寄せている。自分の力を使うことになる可能性にナーバスになっているうえに、ニコラがロージャとの交渉の場に、単独かつ丸腰で行くつもりなのが気に入らないのだ。

「ロージャや彼の側近は腕が立ちます。多少の武装は暗殺を疑われて逆効果です」

「そんな危険な連中のもとに、お前一人で行くというのがそもそも気に食わん」

自分の能力を受け入れることに関しては前向きになったランドだが、ニコラが危険にさらされることに関してはいまだ納得がいかないらしく、ひんぱんにへそを曲げてくる。

「お前の兄はお前を殺したがっているのだろう？」

「ドナウルーダの船は、アマネアの資源目的でこの島にやってくるのだと主張したのはあなたでしょう。いくら憎い相手でも、兄は国益のために侵略しようとしているのですから、交渉に最適な相手の首を落とす愚行はしないはずです。ロージャは、私がエルダーだということを知っているのですからね」

ニコラは手に持ったアマネアの植物の目録をさししめす。

「これを作ったのは私です。ドナウルーダではどのスパイスにどれほどの価値があるか、どの薬にどれほどの効果があるか、それぞれがアマネアではどれほどの収穫量があるのか。現在、どの国と取引があるか、ドナウルーダと相手国の関係はどうか、そして、どの程度の取引なら、艦隊をひきいたのに見合う利益になるか、私が一番把握できています」

「そうだな、外の国の人間の考え方に俺たちはうとい。お前が適役だ……と、お前が言うのなら、俺たちはそれに従うしかないのだろうな」

「それは全然納得していない、と聞こえますが」

つられて、むっとしつつも、ニコラは彼の腕に触れた。

「ただ自分に適した役目を果たしたいだけです。それに別に一人きりではありません。ロージャが一方的で理不尽な取引を強行するつもりでしたら、アマネアの王たちの力を見せて、こちらが無力ではないことを証明してもらいます。まずはストームの嵐で船の隊列を乱し、漁師とバートに手伝ってもらって、艦隊の一隻を奪取し、脅しに使います。それが失敗すればあなたの出番です。だから覚悟を決めてください」

「だがお前が一番危険なのは変わらない」

ランドはとうとう鼻筋にまで皺を寄せた。その拗ね具合に、ついニコラも苛立ってしまう。ロージャのと会談までに、ニコラが頭に叩き込んでおかなければならない情報は、膨大だ。こんな言い合いに時間を割いている場合ではなかった。

「まったくあなたは、私を認めていると口では言いますが、本当は、あなた以外に頼る相手のいないままの、孤独な私のほうが都合がいいんでしょう？　不安なのですか？　私が手に負えない相手になって、もてあますのが」

「お前が心配なだけだ。お前は責任感が強くて、無茶をしがちだから」

「そういうのが、いやなんです」

同じことを繰り返すランドに、ニコラはさらに頭へ血を上らせた。

「私は臆病ですが知識があります。それを有効に活用することを、犠牲とは思いません、私には誇り高き王の血が流れています。どんな身分になろうと、民を守るために全力を尽くすのがつとめです」

「お前は臆病ものではない、聡明で勇敢だ。俺が惚れた男だ」

きっぱりと言い切られて、ニコラは思わず苛立ちも忘れてしまった。

「惚れた相手のことを心配するのが、お前は、そんなに気に食わないのか？」

「そういうわけでは……」

「喧嘩をしたいわけじゃない」

もじもじとしていると、ランドがニコラの手に触れてくる。

「お前は頑固だからな。反対はしない。ただ、俺の気持ちも忘れるな。もし、お前に何かあったら、俺はお前の故郷の人間であろうとも、容赦はしない。覚えておいてくれ」

「……はい」

消えそうな声で答えると、ランドがふと、柔らかく微笑んだ。

「お前はずいぶん強気になってきたが、色恋については相変わらずなのだな」

触れるぞ、と囁かれて頷くと、ランドが唇に、触れるだけのキスをした。

「面倒事が終わって、お前に口づけ以上の、色々なことを教えられる日が来るのが楽しみだ」

「あの、いろいろは、まだちょっと！」

「はは、いい加減覚悟を決めろ」

思わず裏返った声を上げると、ランドは笑って、ニコラの手をぎゅっと握ってきた。

ああ、こんなときに、こんな気持ちになるなんて。

ニコラは高鳴る胸に大きく息を吸い込んだ。

彼とのめくるめく色々を、今すぐにでも教えてもらいたかった。


ドナウルーダの艦隊はストームの嵐を切り抜けて、アマネアの東に現れた。

朝日をうけて白い帆を輝かせる軍艦は、まるで動く要塞だ。

小国のドナウルーダに、ここまで立派な軍艦が作れる力があったのかと、ニコラは改めて驚いた。

船腹に沿いずらりと並んだ砲門からのぞく大砲の、まっくろな口にはぞっとするが、メインマストの先端に、ドナウルーダの国旗のひらめきを見たとき、ニコラは恐怖よりも先にこみ上げる望郷の念に胸がいっぱいになった。

ニコラがカツオドリに託した手紙は無事にロージャのもとに届いたようだった。

船が錨を下ろすと、すぐに小舟がやってきて、伝令兵が、ニコラの名を呼んだ。

ニコラは身を清め、アマネアの使者としての正装をしていた。

ニコラの目の色に合わせた耳飾りと、その色に似た木の実を装飾品がわりに首や手足を飾り、鮮やかな薄い布を幾重にもまとう。

葉を煮詰めて作った染料で薄い化粧を施し、そして歓迎をしめす美しい花をたずさえ、ロージャのいる船へと向かった。

「久しぶりだな。ニコラ。生きていると思っていたよ」

そう言って出迎えてくれた腹違いの兄は、少し見ないあいだにますます精悍に、父親に近づいていた。

「お元気そうです、兄上」

敬々しく挨拶をしながらも握手すらしないまま、二人は向かい合わせの席に腰掛けた。

すぐに家臣がやってきて、白磁のカップに芳しい琥珀色の茶が注がれる。

その香りに、ニコラははっとした。それはニコラのお気に入りの茶葉だった。

ロージャはそれを覚えてくれていたのか、ニコラの隙を誘うために調べたのか。

極力動揺しないように、ニコラは気づかないふりをして、カップに口をつけた。

「こんな小さな島に、ずいぶんたいそうな船でいらっしゃいましたね。私を迎えに来たにしては大げさですが、いったい兄上はアマネアまで、何を目的にいらしたのでしょう」

問いかけたニコラに、ロージャは小さく肩をすくめた。

「ずいぶん嫌味たらしいな。すっかりこの島の人間になってしまったということか？」

「いいえ、ただ、残念だと思ったまでです。初めて訪れた国に挨拶もなく、恐ろしい大砲を向けるのは感心しません。アマネアの王と話し合えばきっと兄上の欲しいものも手に入れられるでしょうに」

ニコラは兄を前にして、冷静な受け応えができている自分にほっとした。アマネアに来る前ならば緊張と不安でもっとのぼせていただろう。今は、まるで他人を相手にしているように感じる。

「私が欲しいのはこの島の所有権だよ、ニコラ」

ロージャは、まるでものがわかっていない相手に語るように、いっそ優しく続ける。

「この島には、貴重なスパイスばかりではなく、この島でしか見られない個性豊かな植物相がある。土地をもらう代わりに、私たちはこの国の住民を侵略から守ろう」

「アマネアの民は今まで自分たちでこの国を守れています。強引におしかけておいて、守るというのはおかしい。それは略奪と言うのではないですか？」

ニコラはきびしい口調でロージャに反論した。

「この島には奇妙な魔法を使う者たちがいるそうだな。そのおかげでこの島は武器を持たずともやり過ごせたようだが」

ロージャは堪えた様子もなく、ニコラをじっと見返してくる。

「これからはそうはいかんだろう。世界の発展はめまぐるしい。戦いを避ける国は淘汰《とうた》される。わかるだろう？　我々のガレオン船は、グレイの船が苦戦したという嵐を乗り越えた。一隻も沈んでいない」

ニコラはすでに、ロージャが会談の場を用意しつつも、少しも話し合う気がないことに気がついていた。ニコラを呼んだのは、人質にして、無条件の降伏を要求するためだろう。どうにか一度退席する理由を作りたいが難しそうだ。せめて時間稼ぎをしようと、ニコラは頭をめぐらす。

「戦う必要などありますか？　互いに満足のいく貿易協定を結べばいいではないですか」

「平和的に解決したいなら、息をひそめて誰にも見つからぬようにすべきだったな」

しかしロージャはニコラの訴えを、にべもなく切り捨てて、議論する気もないようだ。そもそも。と、続けるロージャ目の奥には、冷酷な光がともっている。

「お前が書いた植物の紹介状から、私はこの島の存在を知ったのだ」

思わず言葉を失うニコラに、ため息をついて、ロージャは続ける。

「植物学者エルダーの正体はお前だと、随分前からわかっていた。つまり、お前のように危機管理のなってない者がこの島に来なければ、この島は侵略から免れたということだ」

「……」

「お前が下手な小細工をして亡命などせず、正直にドナウルーダに残っていれば、無関係な他国の人間の犠牲は少なかっただろうに」

ニコラは反論が思いつかなかった。ロージャの言う通りならば、またもや自分の失態が、災いをもたらしたのならば。

「……兄上が、私が父を毒殺しようとしている、などという、根も葉もない噂を流さなければ、私は故郷を離れたくはなかったのです」

思わず冷静さを失い、ニコラは恨み言を口にした。

「私がお前を貶《おとし》めたとでも？　その証拠はどこにある？」

「そんなことができるのは、兄上くらいでしょうに」

「人のせいにするのは感心しないな、ニコラ」

それから、眉をよせ、憐れむようにニコラを見た。

「どちらにせよ、お前を愛するものはもう父上しかいなかった。かわいそうな父上。あれだけ心を砕いた息子は看取りもせずに逃げ出して」

「そんな……違います」

　ニコラが否定の声を上げたとき、どうん、と、地響きのような音がした。

　ニコラが驚いて振り返ると、きつい火薬の匂いがする煙のむこうで、崖から岩がばらばらとこぼれているのが見えた。

「大砲の飛距離も、ずいぶん伸びた。お前は武器には興味がなかったから、知らなかっただろう？」

「無抵抗の人々を攻撃するだなんて」

「威嚇射撃だ、誰も傷ついていない」

「でも、アルドラの根が……」

「木の根が傷ついたって？　可愛いことを言うねお前は。だからどうだというのだ」

　あれは島を守る木なのだ。あの程度で枯れないとわかっていても、ニコラは傷ついた。

「これでお前の消息もつかめたし、ここに来るのを最初にして正解だったな」

「兄上は、私がそんなに嫌いなのですか？」

　その台詞に、不思議そうにロージャは首をかしげた。

「そんな子供っぽい感情で私は動かないよ」

「でしたら、どうして私をそんなに敵視するのですか？」

「敵視もしていない。ただお前は、努力家で、民衆に愛される素質がある。ただそれだけなら私も気にはしないが、お前のその優しさがね、邪魔だったのだ」

ロージャは背後に控えていた家臣に指示し、ニコラを捕えさせた。話し合いはもう終わり、という合図だった。彼は立ち上がり、ニコラに近づく。

「強国に囲まれたドナウルーダを存続させるためには、軍備を整え国力を増す必要がある。それには多大な税がかかり、国民を苦しめることになる。お前がいれば戦いに反対する者たちがお前のもとに集結してしまう。内乱が起これば、あの豊かな土地をつねに狙われている我が国は終いだ。我が人民は奴隷として劣悪な環境に放り込まれるだろう」

最後だけ、苦しげな表情をする。

ニコラは兄の、人の心を感じた。やはり彼は、ニコラが憎くて殺そうとしたわけではなかったのだ。つねに国のために行動しているのだ。大国に囲まれた自国を守ることに必死なあまり、弟に向けていた情を殺し、暴君のようにふるまっている。

「兄上、でも、話し合えばわかることだってあります。すくなくともこの国の王は……」

そのとき、ニコラは崩壊した崖を守るようにアルドラの根が動いたことに気がついた。

島中に根が張り巡らされているという、あの途方もなく大きな木を操れる人間がいるというのか。

驚いたが、その人物が誰かという答えに、すぐに行き着いた。

そうかと理解したとき、ニコラは気持ちがすっと、落ち着くのを感じた。

アマネアもロージャも、ニコラには同じくらいに大事なものだ。けれど、両方をとることができないなら、どちらを選択するかの覚悟はあった。

「この国の王は、兄様が思っているよりも、恐ろしく強いのです」

がらがらと音を立て、巨大な木の根が、無数の大蛇のごとく鎌首をもたげる。

アマネアの守り神、アルドラ。ニコラの守るべきものは、これだった。

異様な光景に、ひるんだ兵士たちの拘束をニコラは振り切り、船首へと駆けた。

「ニコラ！」

ニコラの手を掴もうとしたロージャは、すぐに小さくうめいて手をひっこめる。

ニコラは自分の手のひらに、細い棘が生えていることに気がついた。

リンネが守ってくれているのだ。そう気づいたニコラは、ロージャに警告した。

「私の体にはリンネの木が息づいています。母の葬儀のことを覚えていますか？　あの猛毒の木です。今のは腫れる程度でしょうが、引かないと、今度は手を切り落とさなければならなくなりますよ」

ロージャはか弱いと思っていた弟の反撃に驚いているようだった。

ニコラはその愕然とした表情に、せつなくなった。いつも遠くにいる彼の姿を目で追っていた、その感傷が胸をひっかくのだ。本当は、兄にはつねに頼もしく、ニコラの憧れで、神さまのように超然としていてほしかった。

けれど彼もまた、人間なのだ。完璧ではない。間違うこともある。

「どうか今度は友好を結ぶためにいらしてください。そのときには私がアマネアとの橋渡しをいたしましょう。兄上」

「ニコラ……」

「兄上、私はあなたに憧れ、お慕いしておりました。父やあなたのような立派な王を陰ながら支えることを夢見ていました。母が亡くなったとき、ずっと私のそばにいてくれたこと、美しい弓を与えてくれたこと、その優しさを、私は決して忘れません」

ニコラはまっすぐに、腹違いの兄を見上げた。こんなに近くで、しっかりと見つめるのは初めてだった。父に似ている、と思っていたその顔立ちは、ニコラにも似ているようだった。そういえば、ロージャの母と、ニコラの母も、よく似ていた。

ウィリアム王は、最初、ヴァイオレットと自分の妻を重ね合わせて見ていたのではないだろうかと、ふとニコラは思った。

それでも、ロージャの母を裏切ったことには変わりがないが。

そうだ、父だって、完璧な人間ではなかった。

「私は兄上を憎んではいません、怒りもありません。たとえ二度と故郷の土を踏むことがかなわなくとも、愛しています」

「……」

「けれど、もう、私はアマネアの人間になったのです。ですから、さようなら」

そう言って、ニコラは舳先から海へと飛び込んだ。

落下を怖いと思わなかった。白い波が砕ける黒い岩肌はいまや故郷の姿と同じくらいに愛おしい。

水面に落ちる寸前に身をかたくしたものの衝撃は訪れることはなく、ニコラはアルドラの根に守られて、そっと崖の上に降ろされた。


「波を立てろ！　船を退けるんだ」

崖の上は騒然としている。

アルドラの大きな根が艦隊を突き上げて、大砲を撃たせまいとする。

ストームが帆に強い風を送り、沖へと流してゆく。

漁師たちは海藻を操り船体を押しのけ、船の錨を持ち上げる。

「ランドは？」

「ニコラ！　戻ったのですね！」

鳥まみれになっているバートにランドの所在を尋ねると、彼はぱっと表情を明るくして背後をしめした。

「城にいます。やりすぎないように制御してやってください。そのうち船を壊してしまいそうなので」

眼下を眺めると、確かにアルドラの動きは次第に激しさを増していた。

巨大な根がガレオン船に絡みつき、大きく揺らがしている。

このままでは船に穴をあけるか、沈めてしまうのも時間の問題だ。ぞっとしてニコラは城に向かって駆け出した。

「リジー！」

呼べば草むらからトカゲが飛び出してくる。ニコラはその背に飛び乗って、城へと急いだ。やがて正面にそびえるアルドラの樹上に目を凝らす。目当ての相手はすぐに見つけられた。

見張り用の張り出し窓から、ふいに咲いた花のように、ランドは立っていた。

真っ直ぐに戦艦たちを見据えて、射殺しそうな怒りを全身にためている。

島を傷つけられて怒っているのだろうか。それはランド自身のものというよりも、アルドラの激情のように、ニコラには感じられた。

リジーに乗ったまま、ニコラが城門に飛び込んだ瞬間、ぐらりと城が崩れる。

ぎっちりと絡み合い、壁を形成していた枝々が息を吹きかえしたようにするするとほどけ、巨大な根は地面から這い出してきた。アルドラは地響きを立て、まるで太古のドラゴンの首のようにしなりながら形を変えてゆく。無数の根と枝を手足のように使い、地面を踏み締め、撤退をはじめている船に、なおも襲いかかろうとしている。

「ランド！　船を壊したらだめだ！」

無数の枝や蔓がうねる中を、リジーは器用にすり抜けて、アルドラを駆け登ってゆく。その先に、ランドがいる。

ランドの周囲では、狂った蛇のようにアルドラの蔓が動いている。まるで彼を取り込もうとしているかのように。

空気をひりつかせるようなアルドラの怒りを感じて、ニコラは背中がおぞけだった。島じゅうに根を張り巡らし、抱きかかえるようにして、何世紀も、もしかしたら何千年も守り続けてきた平和を、破壊され、侵略される怒りだ。

ランドはアルドラの激しさを知っていたのだろうか。

だからこそ、その力を使わないようにしてきたのだろうか。

それでもランドは、アルドラを動かした。ニコラを助けるために。

そのランドの決断を、後悔させる結果にしてはいけない。

「ランド！」

ニコラはリンネに呼びかけながら、ランドを隠そうとするアルドラを掴む。

リンネの棘が、猫の爪のようにニコラの指先から伸びてゆく。それで幹の表面をひっかくと、ぼろぼろと朽ちた。リンネの毒は、アルドラにも有効のようだ。

けれど一発でアルドラの枝が落ちるほど強力でもなく、ニコラは溺れる人がもがくように両手をふりまわしながら枝をかき分け、じりじりとランドに近づいていった。

「ランド」

呼びかけても、ランドは海を睨んだままだ。声が聞こえないのか。怒りをたたえる緑の目は炎のようにゆらぎ、噛み締めた白い歯が、ぎりぎりと、嫌な音を立てていた。

「ランド！」

ニコラは叫びながら、そのたくましい胸に向かって身を投げだした。

そしてこちらに目を向けない彼の顔を、両手で包み、力いっぱい引き寄せる。

なんとかニコラのほうに顔を向けることには成功したが、やはりランドは反応しない。無表情に、どこか遠くを睨みつけているだけだ。ニコラにはこれ以上どうしたら彼を正気に戻せるのか、見当がつかない。

ランドの精神はアルドラに取り込まれてしまったのだろうか。このままアルドラが暴走を続けると、船どころか、島自体が沈んでしまうかもしれない。それくらいの事態だというのにランドのそばにいるのはニコラだけだなんて。

いや、今は弱音を吐いている場合ではない。かぶりをふって気持ちを入れ替えると、ニ

コラは再度、彼と向き合った。

「ランド、戻ってきてほしい」

とはいうものの急に名案が下りてくるわけもなく、とにかく思いついたことを実行しようと、ほとんど衝動的に、ランドに口づけをする。

毒も薬も含まない、ただのキスだ。

言葉にならないほどの彼への想いをめいっぱい込めて、挑むように彼の口にぶつけた。祈り、という行為の強さを、ニコラは信じている。だから毎日、大事な人のためにニコラは祈っている。ドナウルーダとアマネアの民の健康と繁栄を、ランドとロージャの幸運を祈る。祈りとは愛だ。それはときに岩をも動かす力になる。

それでもその想いが受け止めてもらえるかは、相手次第だ。

「どうか、こちらを向いてくださいランド」

懇願とともに、ニコラは、丁寧に、力強く、そして心を込めて繰り返した。

「ランド……ランド」

何度も、何度も、唇がしびれるほどに触れ合わせる。彼の柔らかで熱い唇に、自分のそれをこすり付け、舌でなぞり、前歯で軽く引っ張った。同時に、激しく脈打っているランドの胸に、ニコラは体を擦り付けた。アルドラに負けまいと、足を絡ませ、そのたくましい胴体にしがみつき、ランドの怒りを、少しでも、自分の体で冷やそうとした。

「ランド、私が好きだって言ったじゃないですか……それなのに、忘れてしまったのですか？　私が、ここにいるのに」

諦めてはいけない、決して諦めないよう、信じ続けなければいけない。

そうわかっているのに、こちらを見ない緑の目に、つい、口が滑った。

「それとも、私が好きっていうのは嘘だったんですか？」

違う、この状況で八つ当たりがしたいわけじゃなくて。

止めようと思うのに、一度口をついた恨み言はなかなか止められなかった。

「私を守るなんて、威勢のいいことを言って　私の訴えを聞く気もない。あなたは、師を奪った私の故郷に、ずっと復讐したいと思っていたんじゃないですか？　そして世間知らずの私を甘い言葉で手なずけて、満足したかった」

声に出しているうちに、ニコラはずっと、彼に腹を立てていたことを自覚した。

「だからあんなにも軽々しく、愛の言葉を垂れ流せるんですね。私は、そんなに簡単に、あなたに気持ちをさらけ出すことなんてできない。それほど心の深い場所にまで、あなたは根付いているのに」

ランドのたくましい胸を拳で叩いて、ニコラは訴えた。

「悔しいです。私だけが、本気であなたを愛している」

それでもこちらを見ない彼に、ニコラはかっとして、彼の腕に巻き付くアルドラに、軽く爪を立てた。がらり、と音がして、一瞬でアルドラが粉々に砕けた。

毒の強さを間違えた、と後悔したときには、すでに二人を囲んでいた太い蔓を、足場ごと失っていた。ニコラとランドはまっさかさまに物見台から落ちていった。

慌ててニコラはリンネの枝を伸ばし、城壁につきたてる。毒の強いそれはむやみに枝を絡ませて派手に壁を破壊しながらがらがらと蛇行し、地面すれすれでようやく落下をやめた。

自分でやったことにびっくりして目を丸くするニコラの前には、同じようにびっくりしているランドがいる。

「ランド、私がわかりますか？」

「ニコラだな？　いったいなにがあった？」

気づけば、アルドラの動きは止まっている。大きな幹をリンネで裂いたのが効いたのだろうか。ランドは自分を取り戻したようだった。

その輝く緑の目に、ぽかんとしたニコラの顔が映っている。

瑞々しく赤い髪に彩られている精悍な面。

「ランド……あなたは」

ほっとしたと同時に、ニコラはほとんど無意識に、彼の頬を叩いていた。

「あれだけ私が訴えたのに、我に返るのここですか!?」

「……すまない？」

状況がいまいち把握できないながらも、ランドはニコラに謝る。

「とにかく、私の故郷の人を殺さないでください」

「そうだ、船が大砲を撃ってきて……」

思わず、といったふうに力のはいったランドの腕を、ニコラはしっかり掴む。

「私を信じて。海を見てください。ロージャはもう攻撃しません。これ以上アルドラを動かせばアマネアも無事とはいかないでしょう」

ランドはしばらく、ニコラに強い目を向けていた。けれどニコラがぐっと目を逸らさず、意見を曲げる気もないことに気づくと、ゆるゆると体から力を抜いていった。

沖では、あの要塞のような艦隊が藍色の水平線に霞み、白い雲のなかに飲み込まれてゆくところだった。船は多少のダメージを受けているようだが、すべての船が航行可能の様子に、ニコラはほっとする。良い再会ではなかったが、兄と会えて良かったと思う。

「そうだな、船は帰るようだ。アルドラで海中まで追いかけるわけにはいかないな」

やめるよ、と、彼がすとんと体から力を抜くと、アルドラの枝葉は、なにごともなかったように天へと枝を伸ばし、風に葉をさざめかせはじめた。

「ニコラ」

けれど、アルドラの数本の蔓はニコラの体に絡まったままだった。

「お前が俺を深く愛しているというのは、本心からの言葉か？」

「え？」

しばらく何の話かわからず、ニコラはきょとんとしたまま、ランドを見上げた。

「さきほど、俺にキスをして訴えたことだ」

「あれは……！　さっきは必死で……！」

きちんと聞こえていたと知って、ニコラは真っ赤になってとっさに否定しようとした。

けれどランドは、茶化すでもなく、どこか、必死なようすだ。

「お前は俺に感化されて、好きだと返してくれただけなのではないかと、疑うことがある。お前は優しいからな。失恋で容態が悪化するんじゃないかと心配したのではないのか？」

おまけに妙に心細そうにそんなことを言ってくる。

ニコラはきちんと向き直ると、呼吸を整えて、しっかり目を合わせて答えた。

「……本当です。でも、私の想いはあなたより強い」

「良かった、俺も」

「好きだという割には、さっきあなたは私を全然見てくれませんでしたよね。私の声すら無視してきた。裏切られた気分です。たとえアルドラに操られていたとしても、あなたが私を好きなら振り切れたはずです」

「もうこんなことはしない、二度とだ」

無茶なことを言って責めても、ランドは神妙に誓ってくる。

「不満はいくらでも言ってくれ。全部なおす」

ランドは、本気でニコラの無茶な願いもかなえる覚悟をしているようだった。

そんなに簡単に謝られると騙されているような気分になるが、彼の率直さを考えれば、これ以上の抵抗はただをこねているだけのように感じた。

「そうですね、考えておきます……これからは少しは時間がとれそうですし」

「それで、お前は今日もこれから俺を放っておいて仕事をするのか？」

ふいに低く甘い声で、ランドがニコラに耳打ちをする。

どきり、としたものの、変わり身が早いですね、と、ニコラは強気なふりをした。

「今日はもう休みですから、あなたに構えますよ」

次の瞬間には、ニコラの唇はランドのそれでふさがれていた。


するすると伸びる蔓はニコラの体を持ち上げたまま城の奥へとへと伸びてゆく。

ランドといえば、まるで誕生日の子供のように上機嫌で、ニコラという獲物を落とさぬよう、両手を指揮者のように動かして蔓を操作している。

行く先は、ランドの寝室だった。ニコラも彼の看病で何度も訪れた、見慣れた部屋なのに、今は特別に感じる。

ランドはニコラを寝台にそっと下ろすと、窓のカーテンを下ろした。

振り返った緑の目からは、微笑みは消えていた。

そろそろと寝台に上がってきたランドは、ベッドの天蓋布《てんがいふ》も閉じてしまった。

視界が薄暗くなり、僅かな光のもとで、ランドの目が夜の泉みたいに光っている。

きれいだな、とニコラが見とれていると、ランドがのしかかってきた。

「心配だな。お前はこういった行いに、ひどく疎いようだが」

「んっ」

口ではそんなことを言いながらも、ランドの手はニコラの服の隙間から忍び込み、ニコラの太ももを撫でている。その、ねっとりと肌の質感を楽しむような、いつもとは違う触れ方に、ニコラは思わず、声をうわずらせる。

「無闇に俺に委ねて、後悔するかもしれないぞ?」

ニコラはぐっと声を詰まらせながらも、ぼそぼそと言い返した。

「確かに私は無知です。ですから、恐い、という気持ちも、ないわけではないですが、あなたを信じていますから……」

「そうか」

うつむくニコラに、ランドの含み笑いが聞こえる。鳥の綿毛みたいにふわふわした声で、けれどランドはニコラに耳打ちをするのだ。

「だがこれから、お前の知らないもっと恥ずかしいことをするが、いいのか？」

はっとニコラが見上げると、鳥のように小首をかしげたランドは妙に艶っぽくて、ニコラはどきまぎしながら小さく何度も頷いた。


「触るぞ」

「えっ、あ！」

許可をとられたとはいえ、足の付け根にある敏感な部分に触れられて、ニコラはびっくりしてとっさに足を閉じようとした。

「なんだ、自慰くらいはしたことがあるだろう？」

「自慰くらいは……もちろん、それは」

ニコラは故郷の部屋でこっそり自分を慰めた夜のことを思い出して激しくうろたえた。

男の体の生理に関わることは二次性徴が始まるまで知らなかった。初めて体の変化を目の当たりにしたときには、病気なのではと気に病んで、医者に相談したものだった。

初めて自慰をしたときの、頭が真っ白になるくらいの気持ちよさと、我に返ったあとの後ろめたさを忘れられない。もう二度とやるまいと誓ったが、翌日下着を汚してしまった。

思い通りにならない自分の体への、強い嫌悪も覚えている。

それは子供を作るために必要な機能であり、男性ならば普通のことであると教わったあとでも、禁欲をよしとする修道院では忌むべき行為だった。

「知っています……でもあまり、好きではありませんでした」

ぽそぽそとニコラは白状した。

「なんだ、気持ちがよくなかったのか?」

「あっあ」

ランドが無遠慮にニコラのそこを揉み込むので、ニコラは真っ赤になって体を丸めた。

「そ、そうじゃなくて、んっ、汚いです。変な匂いもするし、頭が変になって、自分じゃなくなりそうで」

布越しに、ニコラの竿を探り当ててその形を確かめるように扱きあげてくる。じわじわと追い詰めるようなランドの指を押さえようと、ニコラは彼の手首を両手で掴んで訴えた。けれどそんなささやかな抵抗はランドを軽く笑わせただけだった。

「なんだ、そんなこと、皆が通る道だ。理性はなくなるし、他の汁も出るしもっと汚くなる。それが良いんだ。そういうものだ」

「そういうもの……?」

「欲にまみれた汚いところを見せ合うんだ。これはそういう行為だ」

「な、なんのために……?」

「興奮するからだよ」

にやりと、悪戯《いたずら》っぽく口角を上げたランドは、気持ちいいだろう？　と、指の腹で、ニコラの性器の先端を軽くこする。びりびりと、漏らしそうな快感が脳天まで駆け抜けて、ニコラは慎ましくあえいだ。

「あっ、だめ、きついです、んん」

「わかった、ゆっくりしよう」

ランドはすぐにニコラの言葉を聞きわけて、動きを緩める。

「ほら、気持ちいいだろう？　固くなってきた」

「は、あ」

「力を抜け、誰もお前を嫌ったりしない」

「ん……」

優しく竿を撫でられて、ニコラは頷いた。恥ずかしいが、ランドを信じよう。そうしようと決めたはずだ。

ニコラはおずおずと足を投げ出すと、ランドにもたれかかる。

「そうだ、上手だぞ」

「私は何もしていませんよ……」

「リラックスして、気持ちがいいなら素直に口に出す。嫌なら嫌と言うのも同じくらい、大事なことだ。お前は筋がいい」

「そういうものですか」

「そうだ」

ランドがニコラのこめかみにキスをする。

「気持ちがいいだろう？」

ふたたび問われて、ニコラはおずおずと頷いた。

そうだ、これは、気持ちがいいということだ。すごく。

ランドの手の中で、自分が溶けて変わってゆく。

「それでいい」

優しくはげまされ、ニコラは不覚にも、泣きそうになった。

ずっと貰えないと思っていたものを、ランドはいとも簡単に与えてくれる。

そのたびに、ニコラはすくわれた。


「はあっ……はっ、あっ」

ニコラは仰向けになって、ランドからの愛撫を受けている。

服は下だけ脱がされて、チュニックの下でランドの指が動いているのだけが窺える。

ランドは寄り添うように横になり、ニコラの表情の変化を、逐一観察している。痛みや苦しさを感じているようなら即座にやめようと思ってのことだろうが、穴があきそうなほどに見つめられるのは、なんだかきまりが悪かった。

ランドの指を、ニコラはずっと不器用なのだと思っていたけれど、ニコラの快楽を煽るのはとても巧みで繊細だった。

「んんっ……は、はっ」

竿を撫でられて、袋を揉み込まれ、ときおり先端をこすって強い刺激も与えられると、ニコラは快楽の行く先を求めて身をくねらせた。

けれど、夢中になると、ニコラは無意識にランドの手に、強いるように自分の性器を押し付けてしまう。それに気づくたびに、ニコラははっとして足を閉じようとした。

「大丈夫だからもっと力を抜け」

それがあまりに頻繁《ひんぱん》だから、ランドが思わず、といったふうに苦笑する。

「あっ、すみません」

怒っているわけではなさそうだったけれど、ニコラは申し訳なくなった。

けれどどうしても、途中でつい、我に帰ってしまうのだ。

いっそ、足を閉じられないようにしてくれたらいいのに。

「そうだ」

考えあぐねて、ニコラはランドに訴えた。

「私の足を拘束してくださ い、アルドラの蔓を使えば容易いことでしょう？」

良い案だと思ったのに、ランドが目を丸くした。

「お前はたまに、とても大胆なことを言う」

「しかしそうでもしていただかないと、私はどうも、その、集中できなくて」

面倒な申し出だっただろうかとニコラが萎縮《いしゅく》すると、ランドは軽くかぶりをふって、ニコラの頬を撫でた。

「そうだな、俺は何時間でも付き合えるが、まあ、お前は疲れてしまいそうだしな」

「何時間もは無理です」

「だろうな」

ランドが、わずかに目配せしただけで、ニコラの足に太い蔓が蛇のように絡みついてきた。

「痛かったらすぐに言えよ」

「何も痛くはないです」

蔓の拘束は心もとないほどにゆるやかだった。ただ関節部分はきちんと固定しているせいか、存外動きは制限される。

「ほら、これでもっと集中できるだろう」

そう言って、ランドはニコラの上に覆いかぶさってきて、唇にキスをしてくれる。

「ん……」

柔らかな触れ合いに、ニコラはうっとりとまぶたを下ろした。

彼の手が再び、優しく性器に触れてくる。

ニコラのそこはすでに、芯を通し、背を伸ばして赤く腫れた先端をのぞかせていた。

ランドの指はその、わずかに蜜を滴らせはじめた鈴口をやわらかくくじり、ニコラは官能に身をくねらせる。けれど今度は足を固定されて、逃げることができない。

「あ、は、ランド」

その状況に、ニコラは恥じらいながらも興奮して腰を浮かせた。

チュニックの裾がまくれあがり、ニコラの性器が露出する。

ランドの大きな手が、咲きかけのつぼみの花弁をめくるように、ニコラのそこの皮を扱いて、先端のくびれをくすぐる。

「は、はあ……」

ニコラは息を荒げて、その指の動きを食い入るように見た。

生々しくていやらしく、目をそむけたいのにできない。

「あ、ああ、ランド」

ニコラは高く響く声を恥じらい人差し指を噛んだ。

「だめだ、ニコラ、傷がつくだろう」

ランドが優しく、けれど有無を言わさずニコラの指を口からはずさせる。

ニコラの手首にも、しゅるりと蔓がまきついて、シーツの上にそっと、縫い止められる。

「ら、ランド」

「大丈夫だ」

ランドはそう言ってニコラの眦に口づけて、唇をぺろりと舐める。

細められた緑の目の、物騒な輝きに、ニコラはランドもあまり余裕がないのだと気付いて、どきどきとした。

その間にも、少しずつ、ランドは指の動きを早めてゆく。

「あ、ああ、もう、もうだめ、だめです」

ニコラの性器からは今や大量の先走りが溢れ、ニコラは不自由な下半身をもがかせながら、内股がひきつりそうなほど足をひろげて、つま先でシーツをかきまぜた。

「我慢しなくていい、イッてみろ」

掠れた声で促されて、ニコラは激しくかぶりをふった。

イキたくてたまらない。それなのに、最後の一線を超えることがいまだ恐ろしい。

「ニコラ」

ランドはなぐさめるように、ニコラにキスをする。

「目を閉じろ、浅く息をして……イキそうだったら息を止めて……それだけだ。気持ちがいいんだろう？　それだけを考えるんだ」

そう言って、ランドはリズミカルに指を動かす。くちゃくちゃと、濡れてひどい音がするけれど、ニコラは言われた通りに、ぎゅっと目を閉じた。

「ニコラ」

闇の中で、ニコラはランドの声を聞く。

暖かくて、熱い。あの鮮やかな緑の目で守られている。ここは安全だ。

下腹部に渦巻く熱を感じて、ニコラは胸をそらして腰を揺らした。

もっと、もっと、もっと。

「ランド」

「ここにいる」

彼が耳打ちをして、熱い吐息を吹きかけてくる。

「大丈夫だ、全部見ている」

「そんな、あ……あ！」

強めに鈴口をこすられ、ニコラが驚いて息を止めたとき、不意にそれは訪れた。

大きな波にさらわれるような浮遊感。ニコラは全身をひきつらせるようにのけぞった。

ペニスの内側をマグマのような熱が駆け上がり、出口を目指して飛び出してゆく。

しびれるように気持ちがいい、気持ちがいい。それしか考えられない。

ぱたぱたと精を吐き出したそこを、ランドが残りをしぼりだすように扱くから、ニコラはたまらなくなって悶えた。

「あ、そこ、いや」

「もう無理か？」

ニコラは目をあけて、ランドを見た。

彼は相変わらず気づかわしげだが、その目の奥には焦れるような奇妙なゆらめきがある。

「そうだ、あなたは……あなたはしないのですか？」

自分だけ気持ちよくなってしまったことに、急に申し訳なくなって、ニコラは言った。

ランドはしばらく、逡巡するような仕草をしたものの、真面目な顔をつくってニコラに告げた。

「そうだな、俺もしたい……できればお前のここを使って」

「なに……あっ」

急に双丘を揉まれて、ニコラは戸惑った声を出した。

「使うって？　ここを？」

「そうだ、ここをだ」

彼の節くれだった人差し指の腹が、スリットのあいだに潜り込み、そこに息づくニコラの窄《すぼ》まりをするりと撫でた。

「あの、でも、ここは」

「知らないのか？」

「知らないわけではないですが」

ニコラは目を泳がせた。

知っているといっても、同性同士でそこを使う、という表現を使った、品のない俗語を知っているにすぎない。刑罰のひとつとしての串刺しと引っ掛けた、さがな口のバリエーションのひとつなのだろう程度に受け取っていた。

「それは……しても大丈夫なのですか？　拷問のたぐいではなく？」

「そうだな。大丈夫かどうか、という意味では、慎重にすべき行為ではある。痛いかどうか、という意味では、最初の性交というのはだいたい、どこかしらは痛くなりがちだ。だがそのうち慣れてくるだろう。おそらくは」

ランドは妙に持ってまわったような表現を使ってきた。慎重にすべきで最初は痛い行為ではあるらしいが、拷問ではなく、本当に存在するらしい。

ニコラにとってそれは衝撃だった。自分はなんと失礼な思い込みと偏見にまみれた無知で自分の視界をふさいできたことか。

愕然としているニコラを、ランドはしばし眺めたあと、ちいさくため息をついた。

「……いや、今日はやめておこう」

「えっ、どうしてですか？」

「これから何をされるか、さっぱりわかっていない相手にするのは気が咎める」

どうやら性交の生々しさを伝えるのは早かったと思われたらしい。

「知らないなら教えるべきではないのですか？　あなたはしたいのでしょう？」

「お前は何事も深刻に考えすぎだ」

食ってかかられるとは思っていなかったのか、ランドは引き気味に返す。

「深刻で何が悪いのですか？　私だって必死なのです」

勢いこんで訴えるニコラを、ランドはまじまじと眺めた。

引くものか、と、ニコラは彼を睨み返す。

「私だって、したいのです。したくて必死です。あなたにはそれが伝わりませんか……」

反論している途中でニコラはランドにキスをされた。

ニコラの唇を覆いつくすほどに深い口付けだった。

ランドの肉厚で大きな舌は、ニコラの口内を荒らすようにぐちゃぐちゃに舐め回し、唾液をすすり、下唇をひっぱって離れた。

突然の激しいキスに、ニコラはくらくらと酸欠を起こし、今度こそ呆然とした。

「覚悟はしておけよ」

ぺろりと舌なめずりをした彼は何かを振り切ってしまったようだった。

「はい……」

おどおどと頷きつつも、ニコラは、早まったかもしれないと、遅めの不安に捕われた。けれどももちろん、否定はしなかった。

マッサージ用の香油を手のひらで温めると、ランドはニコラの後ろに触れはじめた。

「時間をかけてほぐしてゆくんだ」

そう言って、ランドが窄まりの周囲をたんねんに揉んでくる。

ニコラは自分でもあまり触れたことのない部位への刺激に、どう反応していいのかわからず、目を逸らしてもじもじとするばかりだ。

「そうだ、うまくいっているぞ、その調子。そのまま力を抜いて、指を入れよう」

「ほんとうに、これでいいのですか？　私はなにも、あ」

つぷり、と一本目の指がはいってきてニコラは小さく声を上げた。

「痛いか？」

「……いいえ、でも変な感じではあります」

「そうだな、しばらく我慢してくれ」

「はい」

ランドがニコラの目元をこする。まるで泣いている子を慰めるような触れ方だ。

「なんだか私はされてばかりですね」

くすぐったくなって、ニコラは首をすくめた。

「心配するな、そのうちちゃんとしてもらう。これは投資だ」

「投資ですか……ふっ」

ランドの濡れた指が、ニコラの内側に触れている。内部の感覚は鈍いが、受け入れた穴の縁は、何度も出し入れされるたびに、むずむずとじれったいような予感を伝えてくる。

「もう少し広げるぞ」

「はい……」

答えると同時に二本目が滑り込んでくる。入り口にぴりりとした引っかかりを感じたものの、すぐに慣れた。それよりも異物感のほうが気になる。

「んん……なにか」

「きついか?」

「いえ、そうではないですが……あなたの指を」

内側に感じて、と、続けようとしたものの、恥ずかしくなってニコラはもごもごとごまかして目を逸らした。

ランドはそんなニコラの様子をしばし見守ったあと、ふと顔を寄せて、耳たぶを軽く噛んできた。

「お前の中は、狭くて熱くて、俺の指をうまそうにしゃぶっているぞ」

「えっ」

「もう少し足を広げてくれ」

「えっ」

言うが早いか、緑の蔓が伸びてきて、ニコラの内股を開かせる。

まるでひっくり返ったガマガエルみたいだ。

自分がどれほどあられもない体勢でいるのかを思い出して、ニコラは頬から火が出そうだった。

「あ」

二本目の指がはいってくる。先程よりもしっかりと、ニコラはそこにランドの指を感じた。自分でも触れたことのない柔らかな内臓に、ランドは触れているのだ。

ニコラは息を浅くしながら、ランドを眺めた。彼は真剣だった。高価な紙に、最初のインクを落とすような顔。けれどその目の色は濃く、欲望のけぶりが認められた。

ランドは、そんなにも、私としたいのだろうか。

そんな想像に、ニコラは息が止まりそうになった。

好きなひとと、いま、同じ気持ちでいるのだ。

「はやくしたいですね」

ふと、そんなふうに話しかけると、ランドは顔を上げて、ニコラを見て微笑んだ。

「……あっ」

彼の指が、鉤型に曲がり、ニコラの内壁をこする。

感じたことのない強い感覚が湧き上がり、ニコラはぴくりと内ももを震わせる。

「このあたりがそうか？」

ランドの目が、ぎらりと光る。

「え、何、あっ」

同じ部分を、くるくると何度も指先でマッサージされる。

そのたびに、声を出さずにはいられないようなしびれがにじみだして、ニコラの体はひくついた。

「ここは、お前の中にある、気持ちいい部分だ」

湿ったような、何かを抑え込んだような口調で、ランドが説明をしてくれるが、ニコラはそれどころではなかった。

くにくにと押されるたびに、その名状しがたい刺激が明確な快楽へと形を変えて、ニコラの思考を押し流してゆく。

「ほら、余計なことを考えずに、目を閉じて、感じてみろ」

「あっ、ああ！」

びくびくと腰が跳ねる。まるでイッているようなのに、前からは何も出ていなくて、自分の体が一体どうなってしまったのか分からなくなって混乱する。

「良さそうだな」

ランドの口調はあくまで優しいままだったが、指の動きは容赦がなかった。

「指を増やすぞ」

「んあっ」

ずぶりと増やされた指が、ニコラの内部をかき出すように動き始めると、もうたまらなかった。快感のるつぼから逃げ出そうとしても、足を固定されている。それどころか、足首に巻きついた蔓がぐっと尻によせられて、更に足をひらいてあられもない格好になる。

羞恥と気持ちよさで、どうにかなりそうで、激しくかぶりをふりながらニコラは宙に向かって腰をふった。

「気持ちがいいか?」

「んんっはあ、は……はい、ふっ」

「でもまだ行くなよ」

強くないものの、根本を軽く拘束される。すべらかな感覚にニコラが驚いて見下ろすと、ピンクに腫れたニコラの屹立《きつりつ》に、透明度の高い淡い緑が巻き付いている。

「あっ、ランド、これ」

「少し我慢してくれ」

ランドの所行に信じられない気分で自分の股間を眺めていても、後ろへの刺激が再開されるとまたニコラはわけがわからなくなる。

ランドは自由になった片手で、ニコラがまとっていたチュニックを器用に脱がし、胸の上でふんわりとピンク色にふくれている突起を口に含んだ。

「はあ、ん、そんなとこ」

ぬるつく舌で乳首を刺激されて、ニコラは新たな快楽にさらわれる。

「どこもかしこも感じやすいな」

悶えるニコラに、ランドは嬉しそうにそんなことを言う。

ひとごとだと思って！　と睨んでみても、彼の、欲望にきらきらしている緑の目に捉えられると、もはや何も言えなくなった。

「んー！」

ランドの指が、ニコラの下腹部をぐっと押し、同時に内部からも押し上げられる。

挟み打ちされる官能にニコラは不自由な両足を最大限に突っ張ってのけぞった。

熱い、体中の血が熱湯みたいだ。さっきからずっと気持ちよさが続いていて、それなのに逃げ場がどこにもない。

喘ぐことしかできないニコラを、ランドは熱をこめて見下ろしてくる。

あの夜、熱病のなかで見た彼を、ニコラは思い出した。あのときも、彼のことを、綺麗だと思った。

「あ、んっぅ」

指が引き抜かれ、脱力するニコラを彼のたくましい腕が抱き締める。

ランドの匂いが、強くニコラの嗅覚を刺激して、思わず深く呼吸する。

「大丈夫だ、ニコラ」

彼が乱れた黒髪を丁寧に梳いて、汗ばむ額にキスをしてくれる。

「ん、ランド」

名を呼ぶと彼の唇がニコラのそれに降ってくる。

太い指がニコラの腰をぐっと掴む。

散々かきまわされて、ふやけた後ろの穴に、ぬれて硬いものが擦り付けられる。

「かわいいな、ニコラ」

鼻先にキスを落としてランドが言う。

「ん、かわいいはやめてください、って」

「そうだったな、ニコラは格好いい」

「ふふ、心にもないでしょう」

思わず微笑すると、ランドは何かをぐっと耐える様な表情になって、小さく、すばやくニコラに告げた。

「いれるぞ」

「んん……あっ！」

なんだかわからないままニコラが頷くと、おもむろに衝撃を感じた。

「あっ……ああ」

太くて硬いものが、ニコラの隘路《あいろ》を押しひらくように、侵入してくる。

痛みよりも凄まじい圧迫感で、ニコラは驚きに大きく口をひらいて、目を丸くした。

「すまない。ニコラ、息をしてくれ」

ランドは苦しいような顔をして、ニコラを見ている。

「は、はあ……あ！」

必死で呼吸を繰り返す。そのたびに、ランドがじわじわと侵略してくる。

ニコラは自分の足の間を、食い入るように見た。

ランドはできるだけニコラに見えないようにするためか、腰を落としているが、ときおりその赤い茂みから鉄の棒のようなものが覗く。

あんなに太くて硬いものが、私のなかに入っているのか。

そんなことを考えているうちに、重い官能がニコラを捉え始める。

「はあっ、はあ」

ニコラは無意識に内側を締めあげた。

「っ」

ランドがわずかに顔をゆがめる。

その表情がいやらしくて、ニコラはびくりと下腹部を波立たせる。

ランドのそこの形を、今やまざまざと感じ取れる。

太くて熱いそれがニコラの奥へ、奥へと進む。

ゆっくりと時間をかけてほぐされたそこはほとんど力が入らなくて、どこまでも侵略されてしまいそうで怖いのに、圧倒的な感覚に、翻弄される。

「あっ……」

じん、と頭がしびれて、ニコラは胸をそらした。

「苦しいか?」

「はあ、ランド」

ニコラが不自由そうに身をよじらせると、両手を拘束していた指が解放される。

ニコラは無意識に自分の性器に指を滑らせて、それから後ろに回し、ランドの根本にも触れた。太くはりつめたその大きさに、ニコラは熱く息を吐く。

「あなた、すごく大きい」

舌っ足らずのひとりごとにランドが息をつめる。

「すまない」

「あっ！　う！」

急にぐっと押し進められて、強い衝撃に、ニコラの視界に星が飛んだ。

「ふ、あ、ニコラ」

ひどく切なそうな、胸に来る声でランドが呼び、腰を強く掴んで打ち付ける。

脳天に突き抜ける衝撃に、ニコラはびくびくと跳ねた。

「あっあう、あっあ、んう、あ」

続けざまに揺らされて、声が止まらない。

どろどろの下半身からは鈍く重い快楽が、何度も何度もニコラのなかに押し寄せる。

「ランド、ランド」

狂おしく名を呼んで、ニコラは自分の性器を握り締めた。

「ん、あっ！」

しびれるような快楽が駆けめぐる。それなのにそこはいまだ拘束されたままだ。

ニコラはいやいやとかぶりをふりながら自分のそこを激しく扱きあげた。先端を思い切りくじり、強い刺激に口をひらき、よだれを垂らす。

ニコラの痴態を、ランドは食い入るように眺めながら、何度も何度もニコラのいい場所をつきあげてかきまわし、ニコラの腹の形がかわりそうなほど奥へと押し入ってくる。

「あ、いく、いく」

ニコラは大きく足をひらいて、ランドの腹に自分のそれを押し付けた。

「ニコラ、そのまま」

ランドはニコラの性器を掴むとそこへの拘束を解いてニコラの指ごとこすり、同時にニコラの下腹部を内側から突き上げてきた。

ニコラはもはや声も上げられず、体を弓のようにしならせて達した。

にじむ世界に星が散り、上も下もわからない。

一瞬の浮遊のあと、激しく痙攣《けいれん》しながら、ニコラは小刻みに白濁を滴らせた。


強い絶頂の余韻に、ニコラはしばし呆然としていた。

ランドはそんな様子を眺めながら、息をはずませて自分のそれを扱きあげて、ニコラのどろどろの下半身に、白いものを吐き出した。

「……汚れてしまったな」

勢いよく飛び出たそれを、ランドはニコラの腹の上にぬりたくり、うっとりとする。

ランドの満足そうな顔ににじむ、いやらしい雄の匂いに、ニコラは小さく達する。

「ランド」

未だふるえている指を伸ばすと、彼がニコラを抱き締めてくる。

「まだつらいか？」

「いいえ……」

たくましい首にすがりつき、ニコラは彼の汗の匂いを思い切り吸い込んだ。

「夢みたいでした……」

ランドの足に自分のそれを絡め、ニコラは柔らかい性器をランドの腰骨にすりつける。

「ランド、どこにも行かないでくださいね」

「もちろん」

ランドはニコラの頭を引き寄せて肩に載せてくれる。

それから腰から尻にかけてゆるやかに撫でて、優しい快楽をニコラに与えながら囁いた。

「おやすみ、ニコラ、よい夢を」

ニコラのまぶたがゆっくりと下りてゆく。

意識が沈むその寸前、ニコラがランドの名を呼べば、彼は優しく返してくれる。

「心配するな、ずっとここにいる」

お前が目を覚ましたあとも、ずっと。

そんな言葉を最後に、ニコラは幸福な夢に包まれていった。

不思議な騒がしさに包まれて、ニコラは目を覚ました。

窓の外で鳥が数羽、元気にさえずっているていどで、むしろいつもよりも静かなくらいだ。


けれど空気がざわめいている。幕が上がる前の劇場のように。

ランドはいまだ眠りのなかだ。立派な四肢を投げ出して、しどけない口元から、すやすやと軽い寝息をこぼす姿は、まるで遊び疲れた子供みたいだ。

愛おしさに突き動かされてニコラは口づけを落とした。ごくごく自然に彼の唇に触れると、まるで百年前から恋人同士でいたような気分になった。

そんな自分に照れながら寝台を囲む天蓋布を抜け出すと、朝の陽が目をくらませた。

半日以上も過ぎていることに驚くと同時に昨夜をつぶさに思い出し、ニコラは恥ずかしさに密かに身悶えた。

あんなに凄い、いやらしいことを、世の人々はみんなしているのだろうか。

夜のあいだ、あんなに気持ちよくて恥ずかしくて、頭がおかしくなりそうなことをしているのに、朝はけろりとして、おはよう、なんて爽やかに通りの子供に挨拶をするのか。

みんなすごいな。私には到底無理だ。

妙な感慨にふけりつつ、窓の外に顔を出そうとすると、子供の頭ほどの大きさのある、華やかな花にぶつかった。

赤やピンクのグラデーションがかかった、筆のひとはけのような細い花弁が、幾重にも重なることで複雑な色合いを構成している。

見事だけれど、見たこともない花だ。

それが、城全体を覆い尽くさんと咲き誇っている。

「これは、アルドラの花か」

ニコラはぽつりとひとりごちた。

巨大な樹木の根本には、人々が集まりつつあった。人々の笑顔の上にも、紙吹雪のように明るい花びらが降ってゆく。

ざわざわとしたさざめきはやがて喜びの歓声へと変わってゆく。

「アルドラの花は歓びの花と呼ばれる」

いつのまにか背後に来ていたランドがそっとニコラを抱き締めてきた。

「アルドラと感応した王族が、運命の相手と出会ったときに咲くという伝説だが」

ランドの唇がニコラの耳に触れる。

「お前とは、とうに会っていたのに、結ばれてから咲くとはのんびりとしたものだ」

昨夜と比べればずいぶんとささやかだが、朝には似つかわしくない親密なふれあいだ。

「体は辛くないか？」

「はい……まったく、健康です」

ニコラは首筋を色づかせて、顔を上げられなかった。

この派手な花が咲いた理由は、二人が昨夜したことが原因だというのなら、国中の人がみな、二人が何をしたのか、知っているということではないか。

嬉しいという気持ちはあるが、それ以上に、恥ずかしさで爆発しそうだ。

「気持ちよさそうに眠っていたな。今日はいっそう美しく見える」

ランドの声は満腹の猫みたいに満足そうだ。どうしてこのひとは、こんなにも堂々としていられるのだろう。

「……あなたこそ、子供みたいに寝ていましたよ、口をぽかりとあけて」

少しうらみがましくそう言い返しても、ランドといったらどこ吹く風だ。

「ふふ、そうか」

上機嫌に目を細めている。

「昨夜はありがとう。ニコラ、お前はとても」

「待って」

おまけに昨夜のことを掘り返そうとするものだから、ニコラはあわてた。

焦るニコラを、ランドがぎゅっと抱き上げる。

「おはよう、ニコラ」

朝日に照らされ、幸福そうに微笑むランドは、どんな花よりも見事で美しかった。

「……おはようございます」

あんまりにもきれいで圧倒されて、ニコラは何もかも忘れて彼に見入った。

「愛しているよ」

色づくランドの唇が、甘くニコラに愛を囁く。

そして彼は、そのままニコラの足元に跪き、敬々しくニコラの手をとった。

「ニコラ」

ランドは王に傅《かしず》く騎士のように、ニコラを見上げている。

緑の目は生命に満ち溢れ、ニコラは満開の花の中に溺れるような錯覚を覚えた。

「結婚してくれ」

だからあまりにも唐突かつストレートに告げられたその言葉を、噛み砕くのに、ずいぶん時間がかかってしまった。

自分が無意識に頷いていたのだと、気がついたときには、ニコラはふたたびランドに抱き締められて、情熱的な口づけを受けていた。

あざやかできらめく世界。愛おしいひとが私に愛を捧げてくれる。

まるで世界を手に入れたみたいだった。


「んん……」

ニコラは大きく足をひらいて、ランドの腹にまたがると、天に向かって主張している彼の怒張《どちょう》の上に腰を落としてゆく。

最初のころ、ランドは自分の陰部をなかなかニコラに見せようとはしなかった。理由を尋ねると、怖がらせると思ってと真面目な顔で告げるものだから、ニコラは、自分にも同じものがついているのに、一体何を怖がる必要があるのか、と疑問を覚えたものだが、実際に対面したときは、なるほどたいそうな衝撃を受けた。

ランドは馬だったのだろうかと真面目に疑った。もしくは木の根の精だったのかも。

こんなに太くて長いものを出し入れされるのは、まさに拷問なのではないか。

それがあんなに気持ちがいいと感じるなんて、私は変態性欲者だったのだろうか。

ぐるぐるとそんなことを考えてしまい、ランドの股間を見つめたまま硬直してしまったニコラの様子を見て、ランドはそれを見せるのは時期尚早だったかと若干後悔したようだが、ニコラの胸中を知るとたんに笑顔になった。

「大丈夫だ、お前が変態でも俺は好きだぞ」

そういうことを言っているのではないのですが……とニコラは思ったものの、ランドの前向きさは、いつだってニコラには眩しいものだ。

私もこれくらい、たとえ性癖が歪んでいたとしても堂々としていたいものだ。

人の上に立つものは常に顔を上げて、頼りがいのあるところを見せるべきなのだから。

「はい、がんばります」

ニコラはそんなずれた決意を胸に、ランドの屹立に両手を添えて、大きく口をあけるとそれを口内に迎え入れた。

それが結婚式の当日、いわゆる初夜のことだった。

満開に咲き誇るアルドラの花に彩られた城の前で、ニコラとランドは国中の人々に祝福されて伴侶としての誓いを立てた。揃いの入れ墨を腕にほどこし、同じ皿から食事をとる。人々は二人を祝ってとりどりの花と果物を捧げた。二人が歩く道にそって花が咲き、蝶やみつばちが宝石のように二人の肌や髪にとまった。

幸福感に満たされて、二人の新しい部屋で裸になると想いはとどまることを知らず、気づけば明け方まで濃厚に混じり合った。

その夜、ニコラははじめてランドのそれに口で奉仕し、ランドの肉厚な舌で後ろの孔から爪の先まで、くまなく愛されまさぐられることも受け入れた。

何度も何度もランドに奥まで暴かれて、もはや水のようにさらさらした、何だかよくわからない体液しかこぼせなくなっても、ランドの熱い肉の杭で執拗《しつよう》に内側をつつきまわされると、気持ちよくて、甘えた声を垂れ流し、もっと、もっとと腰をよじった。

絶頂の余韻でしどけなく口をひらき、意味をなさぬ声を漏らすばかりのニコラを、ランドは満足げに眺めていた。

そうやって明けた朝、くたくたになりながらもどこか清々しい気持ちでニコラが目覚めると、城の外ではアルドラがすべての花を落としていた。

ショックを受けるニコラをよそに、なぜだか周囲は、昨日より一層祝福の空気に満たされている。

「花が咲くのは美しいがそれは過程でしかない」

びっくりしているニコラにランドが教えてくれる。

「植物にとって本当に大事なのは実を結ぶことだ」

ランドの大きな手が、近くにあった、萼《がく》だけ残ったアルドラの花の残骸を指で探り、そこに小さなこぶのような果実のもとを探し当てる。

「アルドラの実は皆の願いを養分に実る。お前も一つ選んでおけ。どんな果実ができるか楽しみだな」

「良かった、枯れたわけではないのですね」

ニコラはようやくほっとして、ランドに抱きついた。

「でも、どうしましょう。私の願いはとうにかなえられているのに、これ以上なんて」

無邪気とも言えるニコラの台詞に、ランドは微笑む。

「ニコラはほんとうに欲がない」

そんな会話をしたのも、ずいぶん昔のような気がしてしまう。

あれから一ヶ月。毎日はパレードのようにめまぐるしく流れてゆく。

ニコラは癒やし手として学びつづけ、ときおり人々の往診をするようにもなった。

遠くに行くときはランドが助手としてそばについてくれている。

ランドは公務をさぼらないようになった。

それでも座学は苦手なようで、ときおりニコラが彼を助けている。

二人はいつも一緒だった。飽きないのか、と、ディルに呆れられるほどだ。

全然飽きない。嫌になったりもしない。

夫婦の長続きの秘訣は適度な距離感というが、自分たちにはこれが適度なのだ。

控えめながら無自覚にのろけて返すニコラを、人々は皆にこやかに受け止めてくれた。

今までの孤独は彼に巡り合うための投資だったのだろうと、ニコラは本気で思っていた。

それほど幸福だった。何も欠けるもののない満たされた日々。

だから忘れていたのだ。

ランドは王の一人だ。けれどニコラは彼の世継ぎを産めないということを。

「最近なにか悩み事でもあるのか？」

不意にペニスに触れられて、ニコラはアッと小さく声を上げた。

「あ、ん、今はだめ、って」

ランドに触れられるとすぐに力がくたくたと抜けてしまうので、ニコラは喘ぎながらも必死で両手をついて体を支えた。

騎乗位で受け入れるのも慣れてきたつもりだが、以前、ランドにちょっかいを出されて一気に座り込んだとき、あまりの衝撃で失禁してしまったことがあるのだ。

だからニコラは自分が主導で受け入れるときには、ランドは決して動かないように、と頼んである。愛していても彼のサイズが危険物なのは変わらない。

けれどランドの中では、それは、状況によっては破っていい、という位置づけらしい。

「は、はあ、だめ、だめだって」

「集中してなかっただろう？　あんまり感じていなかった」

ランドのがさがさとした指の腹で、鈴口をくりくりといじられると、ニコラは猛烈な排尿感に似た快楽に苛まれる。じっとしていられなくて、ぎゅっとランドのものを締め付けてしまう。

「ん、きついな」

まんざらでもない、というふうに、ランドが目をすがめてニコラを見上げて、汗ばむ胸の上でぷくりと主張している乳首にも触れてくる。

「ん、あん」

その唇に触れたいと思いながらも、ニコラはなんとか呼吸を整えようと努力する。

けれどランドの手は止まらず、胸に伸びた指先は、胸の粒の形が変わりそうなくらいにひっぱって、くりくりとこねくってくる。

「好きだろう？　ここ」

「んう……っ！」

気持ちよくて、体勢を保てず、自重だけで、ずぶずぶとランドの欲望が体の奥へと埋め込まれてゆく。

ランドが動かなくとも、その圧倒的な質量は、ニコラの敏感な内壁を否応なく擦り、内臓を押し上げる。たまらなくなったニコラの先端が、はくはくと開閉を始めるが、圧迫感に何も出せなくて熱ばかりがじんじんと下腹にたまる。

「あっ、もう、して、して」

ニコラは蛇のように体をくねらせて、役に立たない自分のペニスを握り締めた。

「もうだめか？」

下から突き上げられて、ニコラは高い声を上げてのけぞった。

「あっ、あん、ああ、あっあっ」

そのまま倒れそうになる腰を掴まれて、二度、三度、と突き上げられる。

そのたびに襲いくる重い快楽に視界はぱちぱち弾け、次第にわけがわからなくなる。

ぶるぶる、と全身をつっぱらせて、ニコラは一度目の絶頂に駆け上がった。

「〜〜〜〜！」

性器からは何も吐き出させないまま、ぎゅうっと袋だけが収縮する。息がとまるほどのきつい絶頂。けれどランドはニコラのこわばりが解けると、すぐさまふたたび動きはじめる。

「ふうっ、ふ、〜〜！　ア」

びくびくと、ニコラはすぐに二度目のドライで達し、続けざまに三度、四度と体が跳ねる。このまま続けられるとずっとイッているような状態になって、脳が溶けてしまいそうなほと気持ちがよくなるのだ。

ニコラは無意識に先を望んで大きく足をひらき、みずからランドに身を預けてゆく。

「さっきは何を悩んでいた？」

それなのに、体勢を変えてニコラを組み伏せたランドは無情にも動きを止める。そして、おもむろにそんなことを問うてきた。

「なやむ……なにを？」

快楽に栓をされたように感じて、ニコラはじれったさに身悶えた。

ふだん、勤勉で真面目なニコラが、イキまくってどろどろに呆けてしまう姿が好きだというランドは、いつもぎりぎりまでニコラを追い詰める。

けれど素直に感じさせるのを好むランドは、焦らす行為にニコラを慣れさせていなかった。

おかげでニコラはすぐに耐えられなくなって、腰を揺らしはじめる。

「ら、ランド」

「何か、考え事をしているだろう、最近」

ランドはなおも動かず、ただニコラの性器だけにゆるい刺激を送りながら尋ねる。

「深刻なことか？　俺には知られたくないことか？」

「あっ、はあ、はあ、そんなことじゃな」

「じゃあ、言ってみろ」

どこか冷たい口調でランドが言う。

そこでようやく、ニコラは彼が不機嫌なことに気づいた。

「ごめんなさい、ランド……くだらないことなのです」

「くだらないこととは？」

微かに中をかきまわされて、ニコラは体をよじらせる。

はやく、もっと、気持ちよくしてほしい、どんな悩みも忘れてしまうほどに。

けれどランドはいちど決めたことには蛇のように執念深い。

「くだらないことなら教えてくれてもいいだろう？　言えない、というならくだらなくないことだ」

「そんなこと、っ」

ニコラはなんとか、いい場所にランドの先端をあてようと腰を浮かして、ランドの胸を押した。それが抵抗に思えたのか、ランドはニコラの両手をとらえてシーツに押し付ける。

「なぜそんなに頑ななんだ？　俺達はつがいだろう？」

そう言われて、とっさにニコラは彼に全てを打ち明けたい衝動にかられた。

けれど口から出たのは全く違う台詞だった。

「あなたの知らない私がいることが、そんなにも気に食わないのですか？」

鋭い声に我ながら驚いたが、納得もした。

「私には私の心を守る権利があります。あなたは私の唯一無二ですが、それを踏みにじる権利はないはず」

ニコラはずっと、ランドの生まれながらの指導者の血筋ゆえの、無自覚に支配的な態度のせいで、悩みを打ち明けられなかったのだ。

急に悲しくなって、震える声でニコラは続けた。

「……それほど私が信用ならない？」

ランドは、はっとした様子でニコラを見ていた。

それからそろそろと眉を下げる。

「悪かった、立ち入りすぎたな。俺はお前を信じる」

「……はい」

ニコラの、水気の増えた目元に、ランドは慰めるように口づけをする。

「だからそんなに、悲しそうな顔をしないでくれ」

「悲しそうになど……」

ニコラはとっさに彼から目を逸らした。泣いて彼を困らせるのは嫌だった。

彼なりに、愛してくれているのがわかる。理解しようと努力してくれている。ただニコラの愛とはすこしだけ、形が違うから、噛み合わないというだけのこと。

だからこそ言えない。自分には子供が作れないなんて。彼にはきっとたいしたことではないだろうから。

おまけに、ランドの子供が見たい。など、とても。理解してもらえるとは思えない、怒られるかもしれない。もしかしたら失望されてしまうかも。

「どうか続きを……」

「ああ」

乞えば、彼は再び動き出した。

気持ちは沈んでいたが、彼との行為に慣れはじめている体は素直に熱を受け止める。

ランドに、可愛がられている自覚はある。いつも大事に扱われ、次々と快楽を注ぎ込まれて。ニコラの感情はいつもランドでいっぱいだった。

おかげでニコラはランドに対し、いつも抱えきれないほどの欲望を抱えたままでいる。

王はランドだけではない。だからランドが子供を作らずとも、困りはしないのだろう。

だからこれはただの、ニコラのわがままだ。

すべてを手にしたい。愛おしくも稀有《けう》な力を持つ彼の血が、百年も、二百年も続くことを、この島の平和が永遠に続いてくれることを願ってしまう。

「はっ、あ、あん、あっ」

リズミカルに動かされて、ニコラの顎が上がってゆく。

ぎゅうっと内股がひきつって、ニコラは再び軽い絶頂に投げ出される。

「んうっ、アッアア！」

びくびくと跳ねるニコラを押さえ込み、ランドが、ニコラの弱い部分を、小刻みにこすりあげる。

ニコラはぴんとつまさきを跳ね上げて、強烈なその感覚を享受する。

もはや耳も聞こえない、目の焦点も定まらない。頭が真っ白になって、透明になってゆく。

「ランド、ランド」

手探りで彼を求め、抱き寄せられる。

愛情深い、どろりと熱い、官能の渦にのみこまれ、ランドだけが世界になる。ニコラのもっとも好きな瞬間。

「はっあ……っっ――!!」

ランドも限界が近いようだった。動きが乱暴になり、ニコラはおもちゃのようにがくがくと揺さぶられる。そんなふうに扱われるのも好きだった。獣のように感情をぶつけてほしい、全てを私に見せてほしい。

「ランド、どうか中に」

「ニコラっ……!」

ぐうっとランドが奥の奥までやってきて、ニコラはその衝撃に呼吸を止める。

痛みとすれすれの快楽に、落ちそうな意識を必死で繋ぎ止めようと、ランドの腰に足を絡める。

「奥に、私の、奥まで……!」

彼の性器が跳ねあがり、熱いしぶきを感じる。

全てを飲み干そうと、ニコラの内側が収縮する。

締めつけられたランドがうめき、ぶるりと胴震いをする。

それにすら感じてニコラはうわ言のように呟いた。

「全部出して、注いで、私のなかに、あなたの子供を……」

そしてニコラの意識はふつりと途絶《とだ》えた。

しばらくのあいだ、自失していたらしい。

気がつけば体は綺麗に清められていて、シーツも取替えられている。

長いこと癒やし手をしていたランドは、掃除や洗濯の手際が良い。だいたいニコラがぼんやりしているうちにさっさと始末を終えている。

私も何か、してみようかな。料理とか。薬の調合と似たようなものだろう。

そんなとりとめもないことを考えていると、ふとランドと目が合った。

「もう体は平気か？」

目が覚めて、最初に尋ねられるのはいつもニコラの体のことだった。

「……平気ですよ、ご存知でしょう？」

ニコラは微笑んで彼に手をのばす。彼はニコラを抱き寄せて、こめかみに唇を寄せた。

そして寝乱れたニコラの黒髪を指で丁寧に梳いてくれる。

その全てに情が溢れている。このときばかりはニコラは満ち足りて、自分の悩みは、やはり些細なことだったのだと思い直せる。

幸福にぐったりとしているニコラは、だから予想外のランドの台詞に、しばし反応できなかった。

「ニコラ、子供が欲しいのか？」

「……え？」

きょとんとしてランドを見ると、彼は真面目な顔をしている。

「さっき気をやるまえに、お前が言ったんだ。俺の子供をどうとか」

「あ、あの、それは」

ずっと気に病んでいたことだが、いざランドに言葉にされると、どうにも気まずい。

「そういえば、お前の故郷のあたりでは、催眠術師に導かれて妊娠出産を経験することで絶頂にいたる儀式があるそうだが」

「どこから得たのですかそのおかしな噂は」

「子供が欲しいんなら迎える準備をしておかねばな」

「え？」

話についてゆけずニコラは目を丸くするばかりだ。

「急に赤ん坊がきても、面倒は見れない。赤ん坊の世話などしたことがない」

「いえ、でも、赤ん坊は、私は産めないですから」

喋っているうちに、はっと気づいた。

王ならば、妾《めかけ》を何人も召し抱えるのも珍しくはない。

ランドはニコラが望むからと、他の女性と子をなすつもりなのだろうか。

ぞっとして息を呑む。自分のなかに抱えているうちは、どこかの女性に代理で生んでもらうことになるだろうと想像していたのに、実際はとうてい受け入れられそうになかった。

「なに、お前が孕むことはない」

追い打ちをかけるようにランドが言うので、ニコラは目の前が真っ暗になった。

けれど彼はニコラを抱き上げたまま、窓辺へと行く。

「この中から、いったい何が生まれるのか、ずっと不思議に思っていたのだ」

そういって指し示すのは、大きく実ったアルドラの果実だ。

ニコラが選んだ一つは、すでに他のものよりもふたまわりは大きくなっていた。

「そんな、まさか」

信じられない気持ちで、ニコラはその丸い果実に触れる。

それは不思議と温かく、驚くことに脈動すら感じられた。

「言っただろう、アルドラの実は願いをかなえる」

ニコラの髪に頬をうずめたまま、ランドが言う。

「お前は無欲だと思っていたが、とんでもなかったな」

王の子供を望むなんて。

そうつぶやく彼の声は、幸福に満ちたものだった。

■あとがき■

こんにちは。このたびは『ニコラと花咲く国の暴君』をお手にとってくださり、ありがとうございました。

久しぶりの新刊！　です！　びっくり！　嬉しいです！

お恥ずかしながらしばらくの間このご時世にかまけて怠けておりまして。同居のねこお嬢さんにお世話されてギリギリ人の姿を保てている状態でしたので、ご依頼頂いたときはすっかり気分は初めての原稿作業でしたが、そのぶん書き上がった喜びもひとしおです。

今回のお話は○ィ○ニーアニメをイメージして書かせていただきました。いつもは、そこそこ癖のある受を書いておりますので、比較的癖のないニコラをどう動かせばいいのかわからず迷走につぐ迷走をやらかしてしまい、担当様には随分ご迷惑をおかけしました。毎度申し訳ないです。おかげでニコラが可愛く仕上がったのではと思います。

おまけに、なかなかえっちな感じにならないな？　おかしいな？　と首をかしげていましたが、そもそもデ○○ニーアニメにえっちなシーンなんかないですよね？　と気づいたときにはすでに遅く、後半でようやく濡れ場にたどりついたときは、なにやらいけないことをさせているような気分になってしまって、ちょっと気持ちが良かったです。

それにしても、伊東七つ生先生のイラストレーションがとても素晴らしくて、まるで美しい工芸作品を鑑賞するように、たびたびうっとり眺めては元気を頂いていました。

この繊細さと透明感に見合う話が書けていることを願うばかりです。

ラストの展開は、蛇足かとも悩んだのですが、このお話を書く資料として読み込んだ帆船の歴史や王室の家系図（特に使わなかったのですが……）の影響で、ニコラの子孫が、冒険好きの遺伝子を持つアマネア人となり、島を飛び出して海賊になったり、ドナウルーダの王家と政略結婚したり、飛行機乗りと恋に落ちたりと、世界中に広がっていく妄想が止まらず、このような形に落ち着きました。気に入っていただけると嬉しいです。

それでは、この本の制作に携わってくださったみなさま、

なにより、本書を手に取ってくださったみなさま、本当にありがとうございました。

楽しんでいただけましたら、とても幸せなことです。

それではまた、お会いできますように。

Si

初出
「ニコラと花咲く国の暴君」書き下ろし

この本を読んでのご意見、ご感想をお寄せ下さい。
作者への手紙もお待ちしております。

あて先
〒171-0014 東京都豊島区池袋2−41−6 第一シャンボールビル 7階
(株)心交社　ショコラ編集部

ニコラと花咲く国の暴君

2021年7月20日　第1刷

著　者:Si
発行者:林 高弘
発行所:株式会社　心交社
〒171-0014 東京都豊島区池袋2−41−6
第一シャンボールビル 7階
(編集)03-3980-6337 (営業)03-3959-6169
http://www.chocolat_novels.com/
印刷所:図書印刷 株式会社